물과 바람 사이를 거닐다

물과 바람 사이를 거닐다

임영선 포엠 에세이

차례

3
맛과 멋

4
그 남자의 엔딩 크레딧

디지털이 아날로그를 밀어내는 시대에 과연 내 글을 읽어줄 이가 있을까. 그러나 아이러니하게도 글을 쓸 수밖에 없는 고민들을 안고, 쓰고 또 쓴다. 여기 실린 시와 수필은 지금까지 나와 함께 해온 시간의 흔적이다.

글을 쓰면 분노가 다 녹아버릴 것 같은 착각으로 주제넘은 글자들을 종이에 몰아넣곤 했다. 다만 글쓰기를 통해 내 존재와 더불어 삶을 성찰하려 진력해왔지만 아직까지도 그 답을 찾지 못한 채, 오늘을 살아간다.

생의 무거움과 가벼움을 배운다는 것은 참으로 어려운 일이지만 이제 그 답을 찾아가보려 한다. 결코 화사하지 않은 내 삶에 위로가 될 수 있을는지 모르겠으나 이 엄숙한 바보짓을 봐줄 독자가 있다면 그 답을 듣고 싶다.

몸과 마음이 어려운 시기에 책을 내게 되면서 이 책을 엮기까지 격려와 힘을 보태준 인연들께 깊이 감사드리고 내 어머니와 가족들에게 고마운 마음 전한다.

2014년 5월   임 영 선

1

이카로스의 날개

이카로스의 날개

언제부턴가 내 다리가 점점 짧아지고 있다는 느낌이 들기 시작했다. 이러다 땅에 붙어 다니는 건 아닐까. 키가 작다 보니 같은 여자로서 늘씬한 '롱 다리'를 가진 사람 옆에 설 때마다 솔직히 부럽기도 하다. 제아무리 노력한다 한들 짧은 다리를 긴 다리로 만들 순 없는 일. 그래서 키 작은 자녀를 둔 요즘 부모들은 자식에게 키 크는 약과 운동, 심지어 성장호르몬 주사까지도 맞게 한다.

몇 해 전 TV프로에 나온 한 여대생이 키 작은 남자를 가리켜 '루저'라고 하여 사회적 논란이 된 적이 있다. 키 작은 사람에 대한 비하 발언으로 충분히 오해받을 만한 표현이었기 때문이다. 그만큼 최근 젊은 여성들의 키 작은 사람에 대한 편견이 예전에 비해 커졌다는 것은 생각해볼 문제다. 키가 작다고 해서 생각이나 꿈도 작은 것이 아니라는 점에서 깨야 할 고정관념이다. 키뿐만 아니라 여러 면으로 열

등한 입장에서 본다면 그 같은 말에 흔들리진 않는다 해도 끊임없이 극복하기 위한 노력을 할 수밖에 없다.

나 또한 모든 여건이나 신체 조건에서 열등하다 보니 빠름을 추구했고 적지 않은 나이에 새로운 길을 선택했으나 그것이 대안은 아니었다. 30·40대의 열정을 쏟아 붓고 꿈의 날개를 펼쳐보지만 순간순간 이카로스의 날개를 단 것은 아닐까 하는 의심의 눈으로 스스로를 바라본다. 사람에게 꿈이 사라진다는 것은 절망과도 같다. 모든 열매도 때를 기다려야 따먹을 수 있고, 아이가 태어나 어른이 되기까지 대개는 스무 해 정도는 살아야 성인 역할을 할 수 있는 게 사실이다.

지금 생각하면 전혀 예상 못한 일도 아니다. 세상은 내가 꿈꾼 대로만 될 수 없다는 것을. 하나하나 풀로 붙인 날개가 한 닢, 한 닢 떨어져 나갈 때마다 눈앞이 막막해짐을 경험한다. 결국 하늘을 훨훨 날 수 없음을 깨달은 건 차라리 다행이다. 누구나 저마다의 꿈이 있지만 그 꿈을 100% 실현하기란 쉽지 않다. 애타게 원하던 욕망의 오아시스가 바로 눈앞에서 신기루처럼 사라질 때, 상처받고 눈물 흘린 일이 얼마나 많았던가.

16년 전 지금의 아파트로 이사 왔을 때, 단지 내에서 화초와 묘목을 파는 아저씨에게 느티나무 소목(小木) 하나를 고르고 있었다. 그때 심한 장애를 가진 아들의 손을 잡고 화분을 고르는 이웃 아주머니를 만났다. 족히 서른은 돼 보이는 그 청년의 비틀린 손가락은 움직이기조차 힘겨워 보였고, 말 한마디를 하는데도 안면 근육과 전신에 경련을 일으키며 쓰러질 듯했다. 순간 분재와 청년의 몸이 하나로 겹쳐 보였다. 지금은 허리가 굵어진 느티나무 분재를 바라볼 때마다 그 청년을 닮은 것 같아 안쓰러운 마음에 물을 주고 잎을 따주며, 휘어진 몸을 어루만지곤 한다. 사람이든 나무든 제 뜻대로 산다는 것이 제일 좋은 것인데 이젠 더 이상 휘어지고 구부러진 허리를 편다는 건 불가능한 일이 되어 버렸다. 팔순 노인이 이십대로 돌아갈 수 없듯이.

난쟁이 느티나무

그 집엔 난쟁이 느티나무 한 그루가 있다.

나아갈 수도 멈출 수도 없는 그 자리에서
팔다리가 휘어진 채,
우아하고 아름답게 뒤틀려진 몸
철사 줄에 칭칭 감겨 꿈을 잃어버린 몸
혼자선 도저히 풀 수 없는 포승줄에
퍼렇게 멍든 뼈마디와
살갗이 벗겨진 채,
난쟁이 느티나무로 견뎌온 헤진 살갗을 어루만진다.

난쟁이 느티나무를 한없이 바라보는
또 하나의 붙박이 나무
온종일 혼자 창밖을 응시하다
느티나무와 몇 마디 말을 주고받는
날개 잃은 붙박이 나무

가끔씩 얼굴을 어그러뜨리고
온몸을 비틀며 간신히
울음을 참는 한 남자가
그 집에 산다.

날지 못하는 새

오정희의 장편소설 『새』가 있다. 성장소설이지만 성장하지 못하는 소년, 소녀 이야기로 소외받는 우리 주변에서 만나는 소시민들의 모습이라고 할 수 있다. 문장이 매우 시적이고 아름다운 작가 특유의 필체가 돋보이는 소설로 작가는 캐릭터들을 통해서 독자를 아주 불편하게 한다. 그녀는 비판적 사실주의 페미니스트 작가라는 이름답게 꿈을 꾸지만 결코 하늘을 날 수 없는 사람들의 소리를 대변한다.

이 시대 논객 송호근 교수가 쓴 『그들은 소리 내 울지 않는다』라는 책은 사회학적 관점에서 바라본 한국의 50대들의 이야기를 하고 있다. 이 두 저자들의 책을 소개하려고 장황한 설명을 한 게 아니라 50대인 내가 이 땅의 50대들에게 하고 싶은 말이 있기 때문이다. 송호근 교수는 50대를 1960년대에서 1980년대로 건너갈 수 있는 다리 역할을 했다는 의미로 '가교세대(架橋世代)'라고 부른다.

난 50대를 '날지 못하는 새'라고 부른다. 현생 조류 가운데 가장 크고 날지 못하는 새인 타조는 날고 싶어도 날개가 퇴화돼버려 날 수 없다. 가설이긴 하지만 원래 타조는 있었던 날개가 몸이 커지면서 둔해져 날 수 없게 되었다고 한다. 부지런히 살다 인간들에게 고기와 알, 가죽까지 제공하지만 부유층 가정의 애완견만큼은 대접받지 못한다는 점이 가슴 아프다. 50대는 그런 타조 같다.

사람이 나이 든다는 것이 그리 나쁠 것도 좋을 것도 없지만 그렇다고 유쾌하지도 않다. 특히 한국에서 50대의 처지는 더욱 그러하다. "50대, 그래서 어쩌라고?" 한다면 할 말은 없지만 20대도 아닌 50대의 이유 있는 반항과 눈물은 온전히 스스로가 극복해야만 하는 인생의 할딱고개에서 넘어야 할 하나의 언덕일 뿐이다. 그래서 더 슬픈 50대의 자화상이다.

50대의 눈과 귀, 그리고 위에서 누르고 밑에서 치받쳐 더 이상 갈 곳 없는 50대의 운명을 어쩌란 말인가. 그것은 각자의 몫일 수밖에 없다. 다만 이 불안과 공포의 세상에서 비록 퇴화는 되었지만 날개 안에 품을 알들의 존재에 절대가치가 있음을. 그래서 50대는 이제 슬플 수도 없다. 가여운 50대는 늙어도 늙지 않는다. 내가 60대가 되고 70대, 80대까지 살아 있다면 그때도 지금의 50대를 아프게 기억할 것이다.

그림자 도우미

지난 학기 내 수업을 들었던 시각장애우 여학생이 있었다. 한 학기 내내 지각 한 번 하지 않고 노란 조끼를 입은 안내견을 앞세우고 강의실로 들어오던 그 여학생을 잊을 수가 없다. 그 견공의 이름은 '영웅이'였다. 또한 장애우의 학업을 돕던 도우미 학생 역시 존경할 만큼 성실했다. 늦더위에 땀을 뻘뻘 흘리며 4층까지 올라오던 그들의 모습을 보면 경건함마저 느껴졌다. 학기가 끝나는 마지막 수업에서 난 작은 마음을 전했고, 그들은 다른 학생들로부터 박수갈채를 받았다.

새 학기를 맞은 4월, 봄바람이 심술을 부리던 화요일. 한 강의동 현관을 들어서는 순간 정면에서 계단을 내려오던 녀석이 나를 보고는 목줄이 끊어져라 달려오고 있었다. 그 여학생은 장사 같은 힘에 끌려오다시피 하며 '영웅이'를 불렀지만 이미 내 얼굴을 알아본 녀석에게는 불가항력이었다. 나와 점점 거리가 가까워오자 커다란 앞발로 내 손과 옷을 핥아댔다. 매주 맨 앞자리에 앉아있을 때 제 얼굴을 쓰다듬던 내 손을 기억하고 있었다. 다른 사람 같았으면 놀랐겠지만 난 녀석을 잘 알기에 이름을 부르자 그 여학생도 금방 알아채고는 반갑게 인사를 나누었다.

옛 애인이 온들 그리 반가울까. 매주 선한 얼굴로 강의실에 들어와 주인 옆에 점잖게 앉아 있던 녀석은 제 주인과는 '빛과 그림자'였다. 사실 대학 수업이 여유 없이 이어지기 때문에 강사들은 식사조차 제대로 못하는 날도 있다. 그런 상황에서 늘 쫓기듯 오후 수업을 들어가다 보면 마치 내 몸이 기계처럼 사물화되어가는 것이 우울할 때가 있다. 그러나 그 친구들을 보면서 장애를 가진 사람들에 대한 인식이 바뀐 건 물론 장애 없이 산다는 것에 감사한 마음과 함께 불평 없이 최선을 다해 학생들을 대하게 되었다.

대학 강의를 하면서 많은 학생들을 가르치고 있지만 오랜만에 만난 학생이라도 팔짝 뛸 만큼 내가 그리 매력적인 선생은 아니다. 하물며 나를 기억하고 달려드는 그 감동적인 순간에 어쩌면 영웅이는 '사람보다 더 멋진 녀석이구나.' 라는 생각과 함께 '이 녀석 사람 볼 줄 아네.' 싶어 속된 말로 자뻑*에 가까운 착각을 하며 행복했다. 인간은 자기에게 필요하거나 또는 이해관계로 연결되었을 때에만 서로 친한 척 가까이 하지만 '견공(犬公)'의 충정심은 인간의 마음과는 다른, 때론 인간보다 더 깊은 교감으로 기억되는 것임을 확실히 알게 되었다.

• 자빽 : 자기 스스로의 모습에 감동하고 취해 쓰러진다는 은어.

어둠 속의 랩소디

갑자기 정전이 되었다. 순간 주변이 캄캄해지면서 아무것도 보이지 않는다. 급히 핸드폰을 켜고 초를 찾아 불을 붙이자 환한 불빛이 가족의 얼굴을 따뜻하게 비춰준다. 매해 여름마다 전력수급의 비상으로 어느 아파트 단지는 전체가 암흑천지가 되기도 했다. 만약 전기가 사라진다면? 물론 거기에 맞게 적응해가면서 살 수도 있겠지만 이제는 상상할 수도 없는 일이다.

인류의 발전에서 '불'의 발견만큼 위대한 것이 '전기의 발명'이다. 자연현상적으로 본다면 마찰에 의해 발생되었으니 전기는 애초부터 인류와 함께 있어왔다고 할 수 있다. 그만큼 자연에서 얻은 에너지는 현대인의 생활에 활용한 가장 큰 동력이다. 그러나 단순히 어둠을 밝혀준다는 것에서 그치는 것이 아니라 두려움을 환희로 만들어줄 수 있기 때문에 위대한 발견이라고 한다.

문학비평가 M. H 에이브럼스는 자신의 저서 『거울과 등불』을 통해 "문학이란 세상을 밝혀주고 자신을 비춰주는 등불과 같다."고 문학의 기능에 대해 말한 바 있다. 전기가 우리 생활 속에서 어둠을 밝혀주는 기능이라면 문학은 우리 삶과 정신을 비춰주는 역할을 한다. 다시 말하면 주변의 모든 것을 환히 밝혀준다는 '불─빛─전기'와 인간을 성찰하게 하고 세상을 바로 볼 수 있게 해준다는 의미에서 문학은 환상적으로 상통하는 무한한 상상력의 발현이다.

초 우물

몇 천 년 고대 어느 동굴인가
이상도 하지
수직 아래로 아래로만 내려가는 기이한 동굴
둥근 기둥 우물 속은 활화산
춤추는 불꽃 열은 삼층 석순을 만들고
가늘게 꽂힌 초심(初心)하나
몸 중심에 깊이 뿌리박아
타오르고 있다
제 몸 사르는 줄 모르고 춤추는 불꽃
뜨거운 고통은 빛이 되고
열기는 산화되어
망각의 강을 건너가는 동안
어느새 뜨거운 샘 고여
가슴 깊이 더 깊은 우물을
파고 있다

내 안의 집

오랜만에 혼자여서 한가한 주말 오전. 이 무슨 횡재냐 싶어 거실 소파에 늙은 고양이처럼 길게 누워 오수를 즐기려는 중이었다. 눈을 감고 얼마 지나지 않았을 때, 굉음과 함께 사다리차가 오르고 있었다. 벌떡 일어나 내 귀를 의심했다. 이사는 누가 하든 온종일 소음과 먼지를 감수할 수밖에 없지만 좋은 이웃이었다면 서운한 것이 인지상정이다. 허나 지난 16년 동안 윗집 때문에 당한 소음과 불미스런 일들을 생각하니 솔직히 떠나는 사람들이 내심 반갑기도 했다.

어차피 잠도 잘 수 없을 바엔 나도 시끄러운 모드로 가자 싶어 집안 대청소를 하다 보니 어느새 사다리차가 내려진다. 입주 때부터 살다가 이웃들에게 한마디 인사도 없이 떠나는 그들의 인색함이 아파트 단지를 빠져나가는 짐 실은 트럭의 꽁무니에 매달린 채 질질 끌려가고 있었다. 다음 날 출근길에 경비 아저씨께 물어보니 자세히 모른다고 했다. 이유야 어떻든 나의 소박한 한낮의 꿈은 사라졌지만 그날 밤 우리 가족은 오랜만에 편하고 긴 잠에 들 수 있었다.

아파트라는 것이 각자 제집 철문을 닫으면 안에서 무슨 일이 일어나든 무관심한 공간이 되어버린다. 가끔씩 뉴스를 통해 듣는 독거 노인의 사망 소식은 그래서 남의 일이 아닌 것처럼 느껴진다. 그 모습이 바로 나일 수도 있다는 생각을 하면 세상이 끔찍하다. 엘리베이터 안에서조차 이웃사람을 경계해야 할 지경이니 누가 오든 가든 자기의 일이 아니면 상관조차 않는다. 그렇지 않다 해도 아파트라는 공간은 어쩌면 조용히 살고 싶어도 살 수 없고, 그렇다고 지나치게 남의 일을 간섭하는 것 또한 서로 민폐라는 인식이 있는 것도 사실이다. 인간적인 유대가 사라진 그저 베드타운으로 전락한 아파트는 결국 이웃과의 단절, 소외의식의 단면으로 드러난다.

고인이 된 박완서 선생님이나 최인호 선생님의 70년대 소설에서도 아파트를 중심으로 일어나는 사건들을 보면 아파트라는 공간은 사람의 정서에 그다지 큰 안정을 주지는 못한다. 어디를 가도 사람 사는 곳은 똑같지만 편안히 머리 둘 곳을 찾아 정착하는 일은 결코 쉽지 않다. 그렇다 보니 좋은 환경을 찾아 많은 사람들이 웃돈을 주고라도 풍수니 뭐니 따져 몰리는 것을 탓할 수도 없다.

문득 주어진 환경에서 주인이 되지 못하는 이 낯설고 불편한 도시에 정붙이고 살아갈 곳을 찾는 우리의 모습을 생각해본다. 주말이나 방학, 이사철이면 수시로 드나드는 아파트 사람들. 그들 모두 각기 다른 저마다의 이유로 이동을 하는데, 이사하는 트럭을 볼 때마다 가슴이 시리고 불편하다. 이 도시에 발붙이고 사는 사람들이 서로 좋은 관계를 맺지 못하고 콩가루에 굴러다니는 밥알처럼 따로 따로 떨어진 개체인 것만 같아서 말이다.

나 침 반 이 필 요 해 요

잊었던 잊고 살았던
그곳에 대해선 말하지 말자
살았던 살아가야 했던
그곳에 대해선 이대로 잊어버리기로 하자
고장 난 나침반은 미련 없이 버려야 해
숨을 쉬고, 노래를 부르고,
벌판을 달리기 위해
새로운 나침반이 필요해

머리 노란 왕관앵무새 한 마리가
나침반을 입에 물고 천천히 날아온다
다리근육이 잘 발달된 시베리안 허스키가 달려오고
부산을 떨며 안경원숭이 한 마리가
까불까불 내게로 다가온다

빛이 선명한 북극 흰올빼미의 눈동자처럼
북방지시화살표 0도가 가리키는 그곳
나침반의 자침이 N극에 서있는
꿈이라는 물의 행성

이 거대한 자석덩어리 지구상 어느 한 점에
터를 잡으려 끊임없이 떨리는
슬픈 나침반의 바늘이
심하게 경련을 일으킨다

지중해의 미라

보름간 그리스, 이집트, 터키 여행을 다녀왔다. 단순한 여행이 아닌 답사기행적 성격을 띠다 보니 버스를 타는 시간도 길고 무엇보다 엄청난 더위와 전쟁을 해야만 했다. 덕분에 난 불안한 마음으로 외국 병원 신세까지 졌다. 비행기로 이동하는 지역이 아니어서 버스에서 내리면 엄청난 거리를 걸어야 하는 여정에 체력은 바닥났고 중간에 돌아오고 싶은 생각도 들었다.

　지금 생각하면 교수에 대학원생, 건축가, 사업가 등 참 특이한 구성원들의 조합이었음에도 불구하고 개성 강한 한두 명을 제외하고는 다들 서로 배려해주고 챙겨준 좋은 분들이었다. 열 명이 동행하는 여행에서 다 좋을 수 없음을 서로가 알지만 특이했던 것은 한 사람씩 돌아가며 개인 부담으로 매일 저녁 럭셔리한 식사를 했다는 점이다. 한 분의 강압(?)적인 진행으로 실행되긴 했지만 그 덕에 풍요롭

긴 했다.

원래 남편이 가기로 된 연수였지만 회사의 사활이 걸린 큰 프로젝트가 진행 중이어서 억지로 가다시피 한 여행이었지만 여름만 되면 그분들이 생각나곤 한다. 일정이 거의 막바지에 달했던 12일째 되는 날, 하루 종일 터키의 에베소 성지를 걸었다. 작열하는 태양은 피로에 지친 여행자들의 발을 아치형 돌문 계단에 멈추게 했다. 그 옛날 선지자들이 하나님 말씀을 전하던 아고라와 멀리 지중해가 아득히 보였던 성화(聖畵)같은 그곳이 지금도 아름다운 추억으로 남아있다.

지 중 해 의 미 라

시든 풀들이 보랏빛 꽃을 피워내고 있다.

사나운 바람이 돌무덤 속으로 파고들면

돌들 사이사이에서 손을 내미는 넋의 무리들.

무덤을 어루만지는 바람의 손은

잠든 자들의 머리채를 뒤흔든다.

뒤엉킨 머리칼이 제 해골을 감싸고 있는 미라,

그녀의 움켜진 손안엔 이루지 못한 사랑이 있었을까.

반쯤 스러진 돌덩이에 조각된 나이키 여신이 미소 짓듯,

살아있으나 죽었고 죽었으나 살아있는 미라의 연대기를 본다.

전설 속 사람은 영원히 산다.

파도에 부딪혀 되돌아오는 빛의 그림자를

내 안에 깊게 드리운 채,

끝없이 펼쳐지는 지중해를 오래도록 바라본다.

죽음의 묵상(默想)

세상의 모든 죽어가는 것이 아름답다고 말할 수 있을까. 물론 인간을 포함한 생물학적 죽음, 즉 자연사한 것들이 원래의 자리로 돌아가는 것 자체는 아름다울 수 있을 것이다. 미다스 데커스가 자신의 저서 『시간의 이빨』에서 말한 것처럼 "한 걸음 한 걸음 무덤을 향해 갈수록 본래의 자기 모습과 비슷해지고 결국에는 자신과 일치하게 되면 더 이상 할 일이 없어지는 것, 결국 모든 것이 완성된다."는 것처럼 말이다. 타인의 생명을 구하기 위해 자신의 몸을 던져 희생하는 숭고한 행동에 대해서는 예외일 수 있겠으나 모든 죽음이 아름답다고 말하기에는 나로서는 아직 어렵다.

사실 출퇴근 때는 승용차를 이용하기 때문에 자주 지하철을 이용할 기회가 없지만 복잡한 서울 시내를 나갈 경우엔 거의 버스나

지하철을 타곤 한다. 지하철 안에서 자리에 앉으면 자연스레 마주앉은 사람들의 얼굴이나 행동을 관찰한다. 그날도 자리에 앉아 책을 보고 있는데, 이상하게도 마주보는 할아버지의 동태가 이상하게 느껴졌다. 자꾸 왼쪽으로 몸이 기우는 듯 보였다. 그 옆자리에 앉은 학생이 슬슬 비키더니 결국 일어나서 다른 쪽으로 가버렸다. 점점 낯빛이 변해가는 할아버지는 가끔씩 머리를 흔드시고 자신의 주먹으로 가슴을 몇 번 치기도 했다.

이어 다음 내릴 역 안내 방송이 나온다. 많은 사람들이 우르르 내릴 문 앞으로 몰려들자 그 할아버지는 어눌한 말투로 옆 사람에게 "여기가 어디요?"라고 묻더니 다시 자리에 앉았다. 나는 계속 시선이 갈 수밖에 없었고, 할아버지의 행동이 신경이 쓰여 책을 접어 넣은 후, 지켜보기 시작했다. 다음 역까지 꽤 긴 구간을 달리는 동안 할아버지는 잠시 눈을 감고 계셨다. 10분쯤 지났을까. 다시 안내 방송이 나오자 할아버지는 벌떡 몸을 일으키셨고, 그 순간 할아버지의 몸은 지하철 바닥에 쓰러졌다. 사람들이 웅성거렸고 비상벨을 찾고 있는데 누군가 벌써 벨을 눌렀다. 역무원이 뛰어왔지만 이미 문이 닫힌 뒤여서 119로 신고를 했고 할아버지는 다음 역에서 들것에 실려 내리셨다. 나는 더 가야했기 때문에 거기까지만 목격했지만 내내 그 할아버지의 안녕이 걱정되고 궁금했다.

집에 돌아와서도 한참 동안 그 할아버지의 얼굴이 떠올랐다. 아직은 내 나이가 죽음을 준비할 때는 아니지만 얼마 가지 않아 나의 모습일 수도 있겠다 생각하니 가슴이 먹먹했다. 그러면서 우리가 살아있다는 건 죽음을 동반하고 다니는 것이란 생각을 했다. 연극 「오구」에서처럼 생과 사의 경계란 문 하나 차이가 아닌가. 내가 문 안에 서 있거나 문 밖에 서 있든지 말이다. 누구라도 죽음에 대한 날을 받아놓고 살아가진 않는다. 어느 날 문득 그날이 오더라도 홀연히 갈 수밖에 없는 것이다.

노 인 과 검 은 나 비

밤늦은 지하철역
종일 터널 속에 갇혔던 희뿌연 기운이
스멀스멀 기어 나와
달리는 전동차 안 경로석을 휘감을 때
지친 기색으로 잠든 한 노인의 중심이
왼쪽으로 끊어질 듯 기울어진다

유령처럼 따라오는 시간의 빠른 걸음을
남의 일인 양 모른 척해도 그저 자연스러운 일일 뿐
이미 퇴화되어버린 노인의 관절들이
꿀렁거리며 달리는 전동차 칸 사이 연결부위에 끼여
뻑뻑한 기계 마찰음 소리를 낸다

인생을 덜 따분하게 살려면
폭탄 하나쯤 지니고 있으라는데
늙고 병듦보다 더 강한 폭탄이 있을까
늙음을 굳이 티내고 싶지 않다면
노약자 우대석에서 아웃사이더가 되면 그만이지
그래도 거부하고 싶다면
날아가는 새들의 날개를 붙잡고
그들의 가벼운 하늘을 배우면 그만인데

노인의 얼굴을 물끄러미 바라본다
내릴 역 안내방송이 나오자마자
벌떡 몸을 일으키다 쓰러진 노인의 몸에서
검은 나비 한 마리가 천천히
빠져 나오고 있었다

향기의 품격

'향'이란 묘한 힘을 가지고 있다. 사람의 기분을 업 시키기도 하지만 때론 불쾌감을 주기도 한다. 또 향의 종류에 따라 이성에게 호감을 주기도 한다. 최근 들어 스트레스나 가벼운 병적 증상은 향으로 완화시킨다는 점에서 많은 사람들에게 사용되는 '아로마 테라피'가 바로 그것이다.

예로부터 인간은 향에 대해 집착해왔다. 향이 인류의 발전과 더불어 함께해왔음은 물론이고, 각 나라의 기후나 풍토, 생활방식에 따라 다른 양상으로 발전해왔다. 그렇게 지역적 특색을 지닌 향들이 교역의 발달로 다양하고 새롭게 변화해온 것이다. 실제로 동양이나 서양의 향이 크게 다르지만 대표적으로 중국이나 일본, 한국의 향도 그 깊이나 은은한 정도에 따라 큰 차이가 있다.

이집트에 갔을 때 한 전통시장의 향 파는 가게에서 맡았던 독특한 향내를 잊을 수가 없다. 뭔가 그들만의 특이한 향이 좋을 때도 있었지만 몹시 거부감이 들 때도 있었다. 4대 문명의 발상지였던 문명을 가진 이유도 있겠으나 미라를 만든 역사를 가지고 있어선지 특별한 향료들이 쉽게 눈에 띄었다. 역사의 기록을 보면 B.C 7세기경에 이집트는 상당한 향료를 사용했다고 전해진다. 특히 어린 나이에 즉위해 18세에 사망한 이집트 제18대 왕조인 투탕카멘 왕의 미라가 1922년 삼천 년의 암흑 속에서 발굴되었을 때, 확인할 수 있었던 것이 바로 시신의 부패를 막기 위해 방부제가 쓰였다는 것이다. 일명 몰약이라고 알려져 있는 '미르(myrrh)' 오일은 미라를 만드는 데 사용된 향료로써 '미라(mirra)'의 유래가 되었다고 한다.

세계적으로 패션과 음식 외에 향수로 유명한 프랑스는 이름만 들어도 아는 제품이 많지만 그리스는 역사가 좀 특이하다. 고대 그리스 신화에 따르면 인간의 향품에 관한 지식을 비너스의 용정인 에온(Aeon)에게서 얻었고, 향수의 기원을 신에게서 찾았다고 한다. 실제로 그리스 치유의 신인 아스클레피우스의 신전과 아프로디테 신전에 있는 대리석 판에는 여러 가지 향료 및 약품 처방이 새겨져 있다. 신화에 따르면 아폴로의 아들이며 요정인 아스클레피우스는 그 도시에 욕실과 치유센터를 갖춘 건강시설을 만들고 그의 이름을 따서 아스클레피온(Asklepion)이라 했다고 한다. 이곳은 초기 에게 문명을 꽃 피웠던 페르가몬의 중요한 의료센터였다.

그렇듯 그리스인들에게 있어 향료품은 현재에도 종교의식과 위생뿐 아니라 다방면으로 중요한 문화를 이루고 있는 만큼 향이란 인류의 발달과 밀접한 연관성을 가지고 있다. 사실 취미까진 아니지만 해외여행을 할 때마다 하나둘씩 사 모은 향수가 꽤 있지만 잘 쓰지 않다가 아깝단 생각에 요즘은 조금씩 사용하고 있다. 가끔은 뚜껑을 열고 향을 맡거나 허공에 뿌려 향내가 퍼진 뒤에 남는 유향을 통해 조금은 칙칙한 기분을 환기시키기도 한다. 향은 남에게 불쾌감을 줄 정도의 지독한 향이 아니라면 자기만의 향을 지니는 것도 나쁘지 않은 것 같다.

태국산 허브 향(香)

인사동 주말 거리
넘치는 인파 속에서
태국산 허브 향내가 내 코를 끌어당긴다

긴 머리를 풀어헤치고 도시의 밤거리를 헤매는
신비스런 향의 유혹은 전설의 창녀
에르미따보다 자유롭다

내 본능의 심연을 뒤흔드는 향

후각을 마비시킬 듯
독하고 진한 향은 그렇게
의심 없이 나를 회유하고 있다
그러나 흰 재로밖에 남을 수 없는
향(香)

리어카 옆에 서서
향기가 달아나기 전
향의 의미를 맛보려 하나
그것은 부질없는 짓
돌아올 수 없는 시간들은 늘
타버린 향의 잔해처럼 짙게 남아있다

사랑의 교차점

"난 이제 떠날 준비가 다 되었다." 가쁜 숨을 몰아쉬며 미소 짓는 앤드류는 매우 행복하고 편안한 표정으로 동료를 바라본다. 그동안의 고통 속에서 벗어나 서서히 모든 것을 초월한 듯한 얼굴에서 관객은 슬프다기보다 자유를 느낀다.

이 장면은 영화 「필라델피아」에서 주인공 앤드류가 죽음의 침상에서 재판 승소 소식을 듣고 한 말이다. 스마트한 변호사인 그는 에이즈 환자라는 이유로 직장에서 해고당한다. 앤드류는 끝까지 이성애자만 정상인이 아니고, 모든 인간은 평등하다는 것을 주장하는데, 그런 그에게 용기와 도움을 주는 배킷 변호사와의 우정과 사랑을 그린 영화이다.

조나단 댐 감독의 이 영화는 동성애 영화이면서 리얼한 성애 장면을 배제한 휴머니티가 있는 화제작으로 꼽힌다. 사실 다양한 영화를 통해 동성애가 많이 다뤄지긴 했지만, 지금은 동성애에 대한 사람들의 인식 변화와 시각적 판단 기준이 많이 달라졌다. 동성애를 이해하기 위한 영화 감상은 고역이었다. 십여 개의 비디오를 보면서 정상적으로 남녀가 사랑하는 것과 그렇지 않은 것을 비교, 분석하다 보니 난 순수한 감상자가 되지 못했다.

동성애 영화를 사전적 의미로는 '퀴어 시네마(Queer Cinema)'라고 하지만 이는 동성애를 경멸하는 의미의 속어다. 동성애에는 게이로서의 남성, 레즈비언으로서의 여성이 있으며, 주인공 스스로 동성애 자임을 인식, 권리를 주장해가는 자유주의적 동성애와 오로지 섹슈얼리티에만 집착하는 동성애가 있다. 그러한 동성애의 원인을 많은 학자들은 생물학적 원인과 정신분석학적인 원인, 학습 이론적 원인으로 분류하여 연구하고 있다. 동성애 연구자들은 동성애의 기원이 물리적 작용에 있고, 체질적·유전적 원인을 가지고 있다고 말한다.

동성애에 있어서 프로이드(Freud)식 관점은 유아기의 경험을 강조하는 입장이고, 갓 페일(God Paille)은 생물학적·환경적 관점으로 보았다. 남자 동성애자들의 배경이 되는 가족 구성원은 전형적으로 친근한 엄마와는 다르게 무관심하고 적대적인 아버지와 긴밀한 결합으로 되어 있다. 그런 경우 어머니의 영향으로 아들은 비 남성화되고, 아버지에게는 존경할 만한 남성성이 없어지며, 자신에 대해 유쾌하지 않게 생각한다는 것이다. 연구가들은 정신분석학적으로 통계상 수동적이며 다소 소심한 아버지와 강한 어머니가 있는 가정에서 자란 남자에게 동성애가 많이 나타난다고 주장한다. 이론상으로는 동성애에 대한 의견과 주장이 분분하지만 동성애를 갈망하는 것은 그 사람의 성장 과정에 따라 판단될 수 있다고 전문가들은 말한다.

　인간은 태어날 때부터 정해진 생물학적 성(sex)에 의해 구별된 신체 구조를 갖지만, 살아가면서 사회적으로 부여받은 2차적 성인 젠더(gender)에 부닥치게 되면 그 차이로 인해 차별이라는 것을 피하기 어렵다. 그 차이란 인간을 구성하고 있는 구성 요소의 하나일 뿐이지 결함이 있다고 해서 남자가 아니고, 여자가 아닌 것이 아니다. 여성주의자들은 그 점을 생물학적 성에 두지 말고, 사회적 삶 속에서 여성을 찾자는 의미로 젠더에 두자고 주장한다. 그러나 동성애자들은 다른 사람과 다르다는 이유로 차별과 자유의 박탈을 경험하고, 평등의 조건에서 제외된다. 이 점을 같게 만들어주는 것이 사회적 편견과 고정관념을 변화시키는 방법이다.

　현대를 살아가는 남성과 여성은 사랑을 개념화하는 방식에서 과거와는 다르다. 사랑은 성성(sexuality)이 적용되어야 하지만 감정과 의지, 행동과 방식 같은 심리적·사회적 요소들이 포함되는 포괄적 개념이다. 이처럼 동서고금에 동성애는 있어 왔고, 현재도 적잖은 성소수자들이 살아간다. 사실상 동성애를 바람직하다고 보지는 않지만 비난과 지탄의 대상이 되어서도 안 된다. 그들을 소외와 편견으로 몰아세움으로써 실제적인 불이익을 줄 대상은 더욱 아니다.

신이 인간을 창조할 때, 여자와 남자를 구조적으로 분류해놓았음에도 21세기는 남녀의 구분조차 모호하게 변화되고 있다. 남자는 여자처럼, 여자는 남자처럼, 어른은 아이처럼, 아이는 어른처럼 말이다. 또한 유니섹스라 하여 성별 구분을 하기 어렵다. 만화영화 주인공 같이 가냘프고 예쁜 남자가 근육질의 건장한 남자보다 여자에게 어필하는, 그야말로 시대에 따라 미남과 미인의 기준도 다르게 변하고 있다.

현대는 다양성과 개성이 존중되는 세상이다. 그에 따라 사랑의 방식도 달라지고 있다. 최근 한 영화감독의 동성 결혼식이 매스컴을 뜨겁게 달궜다. 국내 동성애 단체의 대단한 축하를 받으며, 그들은 하나됨을 공표했지만 국내 최초의 동성애 결혼에 대한 법적 인정이 쉽진 않아 보인다. 누리꾼들의 찬반 논란이 분분한 만큼 적극 찬성하기에는 아직 우리 사회의 시선이 그리 편하진 않다. 원시시대부터 지금까지 인간의 모습이 무한히 진화해온 것처럼 사랑의 모습도 진화하고 변해왔다. 머지않아 우리가 하는 사랑의 모습도 어떻게 변할지 아무도 모를 일이다. 사람과 사람이 만나는 것과 사랑하는 것이 얼마나 어려운 일인가 새삼 별나게 느껴진다.

예(藝)와 술(術)

사람이 얼마나 미혹된 동물인지 모르겠다. 세상에 거저 얻어지는 게 있을까마는 나이가 들면서 하지 말아야 할 것과 꼭 해야 할 것을 구분하지 못한다면 분명 오만한 사람이거나 소인배임에 틀림없다. 대개 사람들은 '오만'과 '편견'의 열등감 속에서 '밑 빠진 독' 하나쯤은 가지고 살아간다. 그만큼 편견을 깨고 '겸손'과 '오만'의 차이를 깨닫는 건 쉬운 일이 아니다. 희곡 작가로 활동하는 한 지인은 자신의 글을 통해 "예술을 전업으로 삼는 것은 '칼날 위를 걷는 것'이나 마찬가지다."라고 했다. 그만큼 예술을 한다는 것이 얼마나 큰 고통인지를 말해준다.

긴 겨울이 지나고 봄이 오는 4월의 첫 일요일. 주말에 이틀 동안 내린 비로 하늘은 티 없이 맑고 온화하다. 마음은 경춘가도를 달리고 있지만 난 노트북을 끼고 앉아 창가에서 강의 준비를 하고 있다. 나이는 숫자에 불과하다고 하지만 이 나이가 되고 보니 그렇지 않다는 것을 알 만한 여자는 다 안다. 이번 학기는 유난히 힘들었다. 가끔은 딱 한 달만 실컷 돌아다니며 놀고 싶을 때도 있다. 만약 일을 그만두고 글 쓰는 것에만 전념한다면 초심으로 돌아갈 수 있을까 생각하면 머릿속이 복잡해진다.

예리한 관찰자들이나 뛰어난 예술가들은 자신의 몸의 모든 감각기관을 이용해 미추를 감지하여 그림으로, 음악으로 또 글로 표현한다. 그들이 일상에서 발견하는 것들은 일반인에게도 그대로 같은 사물이다. 그러나 자신들만의 감각적 더듬이로 특별한 정보를 발견하고 상상력과 함께 위대함을 창출하게 되는 것이다. 그래서 때로는 아무렇지도 않고 굉장할 것도 없는 소소한 일상 속에서도 예술가는 주목할 만한 가치들을 발굴해내는 것이 아닌가.

르네 마그리트의 작품 「이미지의 반역」은 파이프를 묘사한 그림으로 "이것은 파이프가 아니다."라고 쓰여 있다. 이 명백한 모순은 '파이프'란 단어가 파이프가 아닌 것처럼 파이프 그림 역시 파이프 자체가 아니라는 사실에 주목하게 만든다. 인류는 끝없는 '눈속임'을 목표로 삼아왔듯이 이러한 시각적 이미지는 단지 하나의 기호일 뿐 자연 그 자체는 아닌 것이다.

이는 마치 마르셀 뒤샹의 작품 「샘」에서도 그렇다. 이것이 '변기'

지 어찌 '샘'일 수 있나 하는 관객의 논란은 결국 우리들의 눈에 보이는 것들에 대해 생각해보고, 또 생각하지 않은 것들에 대해 고민해봐야 하는 것임을 의미한다. 우리가 알고 있는 것들을 글로 옮길 때 역시 그것이 왜곡되곤 한다는 것을 알면서도 잘 수정하지 않는다. 아니 수정해야 하는 당위성조차 무시할 때도 있다. 그래서 대인배가 되려면 먼저 소인배의 순수함(?)을 지녀야 하는지도 모르겠다.

빨간 딱지

강바닥이 바짝 마른 지 5년이 넘었다. 여기저기 지나간 자동차 바퀴
자국에 고인 물에서나마 비늘이 마를까 비비적거리는 물고기들은
그래도 나을까. 이미 죽어 강바닥에 포가 된 물고기들도 셀 수 없이
많다. 희망이 사라져버리면 아예 기대도 할 수 없다. 그러나 죽어가
는 물고기에게 지금 당장 필요한 건 한 되, 한 말의 물이지 엄청난 저
수지의 물이 아니다. 작은 금붕어 한 마리에겐 어항 속의 물이 세계
이듯이, 지금 이 타는 목마름을 해소할 수 있는 물은 수레바퀴 자국
에 갇힌 붕어가 살 수 있는 물과 다를 바가 없다.

환 (幻)

오랫동안 갇혀 있었다

누가 나를 가둔 것도 아닌데

속살이 허옇게 드러난 마른 강바닥에서

물을 찾아 비척비척 기어 나오자

몸에서 비늘이 뚝뚝 떨어진다

물과 멀리한 지 꽤 오래 되었나보다

서로를 무심히 바라보며 지나가는

고만고만한 물고기들

그것들의 몸도 바짝 말라있다

침으로라도 서로의 몸을 적셔주고*싶었으나

기꺼이 침을 뱉어주는 물고기는

어디에도 보이지 않는다

애써 구겨졌던 손을 펴

곧 비늘이 말라죽을 것을 모르는

그것들의 몸을 더듬는다

순간 파삭하게 부서져 모래처럼

사그라지는 물고기들

환(幻)을 본 듯하다

* 철부지급(轍鮒之急) : 말라가는 수레바퀴 자국에 고인 물속의 붕어는 침으로 서로
의 몸을 적신다는 장자의 말. 철부는 수레바퀴 속의 붕어로써 그 자국만큼의 물만 있
어도 살 수 있는 처지라는 말로 다급한 위기, 즉 곤궁한 처지를 비유하는 말이다.

황혼의 동반

날 좋아 몸이 가벼운 날엔 산책을 나간다. 아파트촌이라고 하지만 제법 정취 있는 탄천 길을 따라 걷다 보면 내 키만큼 잘 자란 수목들이 내뿜는 향긋한 풀냄새에 긴장이 풀린다. 걷다 보면 아파트 건물에 가려진 응달진 삼각지대를 만나기도 한다. 기분 좋은 길로 쏟아지는 반사된 햇빛 조각들이 동그라미, 세모, 네모, 기하학 형태로 내 발끝에서 이리저리 유희를 즐기다 사라진다. 그래서 산책은 혼자 하는 게 좋다고 하나 보다. 함께 걸으며 대화를 나누는 즐거움도 있겠지만 혼자 길 위에서 만나는 사소함들이 한결 여유롭다.

한참을 걷다 작은 공원에서 잠시 쉬어가려는데 벤치에 앉아 계신 백발의 노인 한 분이 눈에 들어온다. 그 노인 옆에는 제법 큰 개 한 마리가 꾸벅꾸벅 졸고 있었다. 노인께는 죄송스럽지만 노인과 개의 모습이 너무나 닮아 있다. 낡은 벤치에 앉아 허공을 응시하는 노인의 주름진 얼굴과 눈곱 달린 눈을 껌벅이며 졸고 있는 개가 왜 그리 동일시되는지. 먹을 거라도 있으면 기운 없는 그 노인께 드리고 싶은 심정으로 한참을 바라보다 돌아섰다.

사람이 늙는 것이 자연스런 현상이지만 병든 몸으로 살아간다는 것은 깊은 수렁으로 들어가는 어두운 길이란 생각이 들었다. 벤치를 반환점으로 발길을 돌리는 내내 마음이 무거웠다.

노 인 과   개

공원 산책로 벤치에
늙은 개 한 마리가 누워있다
그 옆에서 느리게 흐르는 시간을
멍하니 바라보는 한 노인
그의 얼굴에 핀 검버섯이 섬 같다

윤기를 잃은 코, 마른 눈곱이 달린 개는
버림받고 헤맨 듯 앙상한 등뼈가 드러난 채
생이 귀찮은 표정으로
미동도 없이 눈만 껌뻑인다
노인은 소주 안주로 먹다 남은 듯한
멸치 대가리 몇 개를 꺼내
개의 입에 갖다 댄다
통 입을 열지 않는 식욕 잃은 개
생욕 잃은 노인의 표정과 닮아있다
저수지 수면 위의 오리 떼는
부산스런 자맥질로
그악스레 먹이를 물어내는데
못된 개장사의 눈에라도 띄는 날엔
바로 생을 마칠 것 같은 개와
다 타버린 노인의 마른 가슴에
저녁 햇살이 깊게 꽂힌다

혜화동에서 광화문까지

내겐 눈에 대한 기억이 외상장애처럼 남아있다. 누구나 하나쯤 행복하거나 슬픈 기억이 있을 거다. 좋은 기억이야 생각날 때마다 미소 짓게 하지만 아픈 기억은 쉬이 잊히지도 않는다. 사람들은 아픈 기억도 지나가면 추억이라고 말하지만 글쎄다. "너무 아픈 사랑은 사랑이 아니었음을"이라고 노래했던 가수도 그 죽일 놈의 사랑 때문에 비극적 생을 마쳤는지 모른다.

　나 역시 살아오면서 징그럽게 아픈 기억들을 굳이 추억이라는 이름으로 미화하고 싶은 생각은 없다. 다만 불에 덴 상처 같은 기억일 지라도 그 기억이 나를 성숙하게 하고 평생 가슴속에서 꽃피울 수 있었다면 그것으로 족하다. 그렇기에 생의 한 시기마다 고뇌가 없다면 생각의 마디는 결코 굵어질 수 없다. 첫눈과 관계된 세상의 모든 기억이 그러하리라. 내리는 눈을 하염없이 바라보다 무념무상이 된다. 하얀 눈꽃 송이들이 하늘에서 떨어지는 순간 다시 하늘로 거슬러 오르는 그 무한한 수직의 향연에 대하여.

첫 눈

검은 하늘을 하얗게 수놓으며 내려오는
눈발을 올려다본다.
수천 수만 눈의 입들이
수직의 침묵으로 내게 말을 걸어온다.
낮은 곳으로 떨어지는
고요한 존재의 무게를 아느냐고.

첫눈은 수많은 사람들의

눈으로
입으로
목구멍으로
내장 속으로

은밀하게 건네주는 편지 같은 것.
유효기간이 있을 리 없는
가슴속 깊이 묻어둔
항아리 같은 것.

별똥별

어릴 적 하늘에서 유성이 떨어지는 걸 본 적이 있다. 까만 밤하늘로부터 흰 꼬리를 달고 곤두박질하는 별똥별을 두고 사람들은 누군가의 죽음을 암시하는 거라고 하는 말을 들었다. 알지도 못하면서 막연히 "아, 저 별이 떨어지면 누군가 죽는 거구나."라는 무서운 생각에 밤하늘의 별자리를 가지고 친구들과 이런저런 이야기를 했었다. 어른이 되어서야 우주에 떠다니던 유성이 대기 중에서 다 타지 못하고 어느 물체와 부딪쳐 땅으로 떨어지는 돌이라고 알게 되었지만 지금도 별똥별을 막연히 '죽음'과 연결 짓곤 한다.

검 은 별

무리를 이탈한 별 하나가

도시를 가로질러

내 가슴속으로 들어와 박힌다

우주로부터 날아온 이것

늑골 깊숙이 뚫린 커다랗고 하얀 구멍 속에서

우묵한 눈들이 나를 바라본다

구덩이의 벙어리 같은 입에서

매캐한 고무 타는 연기가 피어오르고

저 아래로부터 울려오는 소리는

내 귀를 멀게 한다

그 깊은 어둠 속에서 선명한 빛을 찾아

나는 수없이 죽었다 살았다

다시 태어난다

어쩌면 나가는 길을 찾기 위해

더 깊은 구멍 속으로 들어가는 건 아닐까

구멍 뚫린 그 자리에

다시 구멍을 판다

그 속으로 보이지 않는 내가

천천히 눕는다

화려한 사후

국내외 유명 작가의 전시회는 계절을 가리지 않고 관람객이 줄을 잇는다. 최근엔 미술관 투어를 하는 것이 생활의 활력을 주고 미술작품에 대한 안목을 높여주기도 해선지 하나의 문화 트렌드로 자리 잡았다. 특별한 미술관의 기획 전시는 관람 예약까지 받는다. 내가 초등학교 4학년 때, 신혼이었던 둘째 언니와 형부를 따라 덕수궁 석조전에서 국전을 처음 봤다. 형제가 많다 보니 나이도 어리고 촌스런 처제 둘씩이나 데리고 서울 광화문 일대를 관광(?)시켜 주며 우리를 즐겁게 해준 형부를 생각하면 웃음이 난다. 그때도 줄을 서서 관람표를 샀던 기억이 난다.

천안이 아주 시골은 아니지만 당시만 해도 문화원에서 예술제 정도를 관람할 정도밖에 안 됐던 시절이다. 국전은 내게 엄청난 문화적 충격으로 다가왔고, 그날 이후 매해마다 작은언니 손을 잡고 국전을 보러 고속버스를 타고 서울에 오곤 했다. 지금이야 매년 국제아트페어나 다양한 전시회를 쉽게 볼 수 있지만 '갤러리 투어'를 하는 것은 사실 큰 관심이 없으면 쉽지 않다. 비싼 그림을 사려고 다니는 것이 아니라 보고 느끼면서 영감을 얻기도 하지만 디자인을 전공하는 딸 때문에도 더 관심을 갖게 된다.

온종일 작품을 감상하면서 타계한 작가들의 작품을 볼 땐 안타까운 생각이 들 때가 있다. 한결같이 훌륭한 작가는 왜 죽은 후에 이름이 나고, 더 유명해지는 건지. 위대한 예술가라 할지라도 시대를 잘못 만날 수도 있겠지만 당시에는 너무나 진보적이고 앞서간 작품이어서 대중들에게 어필할 수 없었던 것은 아닐까. 그랬기에 넘치는 재능과 끼를 펼쳐보지도 못하고 한평생 가난과 고통 속에 살면서 다양한 예술적 기법을 구사할 수 있었던 건 아닌지. 순전히 혼자만의 생각으로 이미 세상에 없는 화가를 생각하며 그림 속으로 빠져들곤 한다.

한번은 미술관을 돌다 뒤에서 그림을 보던 두 여자가 하는 말을 들었다. "저런 그림 나도 그리겠다. 도대체 뭘 그린 거야."라며 자기들끼리 수군거렸다. 솔직히 나를 포함한 일반 사람들은 한두 번쯤 그런 생각을 해본 경험이 있을 거다. 그림은 본 대로 느끼고 자기 식으로 즐기면 되지만 때론 그 화가의 삶에 대한 전문가의 해석이 궁금할 때가 있다. 그래서 그림을 이해할 수 없을 때 카탈로그를 사기도 하고 비평가의 견해를 통해 이해하기도 한다.

2년 전 예술의 전당에서 '불멸의 화가 반 고흐 in 파리전'이 열렸었다. 그 전시를 통해 화가는 타고난 천재일 수도 있지만 엄청난 노력이 따라야 한다는 것을 많은 사람들이 느꼈을 것이다. 외로움과 고독을 밝고 낙천적으로 표현한 경우도 있지만, 그 고통을 처절하리만큼 독특한 색채와 구성으로 화면 가득 채우면서 많은 작품을 남겼던 그는 여러 편의 자화상을 통해 자신의 비극적 모습을 선명히 보여준다. 그렇게 고흐는 가난과 고독으로 인해 외부 세계와의 단절과 깊은 내면 추구에 빠져들었다고 한다. 비록 짧은 생이지만 고흐의 경이로운 예술혼은 미술사에 남을 수밖에 없다.

조각 작품 경우도 그렇다. 일반 회화에 편식해온 관람객들에게 조각은 돌이나 철이 주는 묵직함과 차가움이 회화가 주는 느낌과는 큰 차이가 있다. 로댕의 미완성으로 남긴 역작 「지옥문」이야 워낙 웅장한 조각으로 유명하다. 단테의 『신곡』 중 지옥 편을 토대로 구성한 인간의 고뇌와 탐욕, 그로 인해 야기되는 고통과 절망이 표현된 현대적 서사시로써 「생각하는 사람」과 「성당」, 「입맞춤」은 그야말로 전시의 백미라고 본다.

우문일지는 모르나 사람은 무엇에 감동하고, 무엇에 흥분하며 행복해하는가. 가끔 하던 일을 멈추고 조용히 주위를 살펴서 고통받는 군상들 속에 나를 세워보자. 죽음을 유쾌하게 받아들일 사람은 없을 테지만 지옥문 앞에서 뒤꽁무니 빼는 비굴함보다는 들어갈 때 들어가더라도 죄 짓는 것을 두려워 말자. 최선을 다하다 보면 열심히 산 덕으로 죽음 직전에 죄를 상쇄 받을 수 있지 않을까 생각하며 혼자 웃는다.

명작을 통해 과거의 작가를 만나고 돌아오는 길은 늘 기분이 묘하다. 아이러니한 건 그들의 '화려한 사후'가 왠지 부러움보다는 절절한 안타까움으로 남기 때문이다. 그것이 예술일지는 모르나 세상 떠난 뒤에 자기의 이름을 날리게 해준다는 조건이 붙는다 하여 목숨과 바꿀 수는 없을 것이다. 가누지 못할 정도의 지독한 가난과 시대를 잘못 타고난 예술가의 운명이 그래서 한참 동안 가슴을 짓누른다.

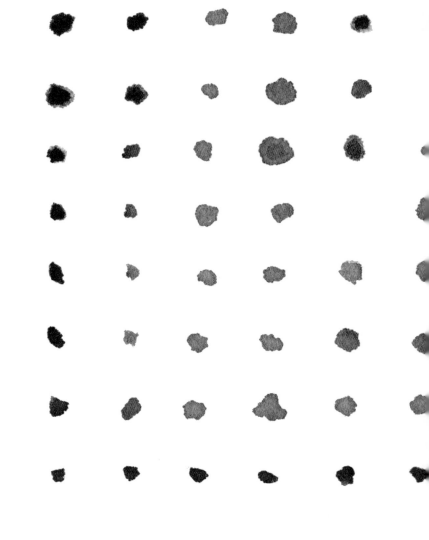

2

고해성사, 고성방가

고해성사, 고성방가

천주교에서는 세례를 받은 뒤 그동안 자신이 범한 죄에 대하여 사제(司祭)에게 고백하고 용서를 구하는 일로 고해성사*를 한다. 고해하는 일이야 신께 용서를 구하고 자신의 무거운 마음의 짐을 내려놓는 행위로 신앙인에게는 분명 가치 있는 일이다. 그러나 노래방은 좁은 지하 동굴 같은 공간에서 악을 쓰며 노래하는 것이 죄 사함을 받는 것도 아니고 그저 고성방가로 분노를 '고(告)'하는 곳이란 생각에 뒤이어 찾아오는 심리적 허탈감이 더할 때가 있다.

한국은 이미 온갖 '방'의 천국이 되어버린 지 오래다. 그중에서도 노래방은 어딜 가도 없는 곳이 없다. 그 수많은 '방'의 대부분은 퇴폐의 온상과 동일시되는 불법의 장소로 전락해간다. 사정이 이러니 '노래'라는 명사와 '노래방'이란 고유명사의 차이는 너무 크다. 누구라도 마이크만 잡으면 '나도 가수다'. 노래는 인간의 오랜 역사를 가진 놀이 문화지만 노래방은 남녀노소 할 것 없이 '놀이터'가 되었다. 문제는 맘 놓고 즐길 수 있는 출구가 없는 현실이 곧 어두운 장소의 생성을 부추기는 꼴이 되었다는 것이다.

사람마다 스트레스 해소법은 각기 다르다. 일부 사람들은 밀폐된 공간에서 소리를 지르거나 혼자 큰소리로 노래라도 부르고 나면 답답한 속이 시원해진다고 한다. 하지만 노래방이란 곳이 건전한 곳만 있는 게 아니다. 일반 대중들이 쉽게 놀고 스트레스를 풀며 친목을 도모하기 위해 가는 곳이라는 개념과는 달리 점점 퇴폐적으로 변질되어가고 있다. 게다가 손님이 원하면 술과 여자까지 얼마든지 공급할 수 있는 시스템이 된 지 오래다. 사정이 이 정도니 주머니 가벼운 직장인이나 서민들이 가볍게 즐길 수 있는 선을 넘어 상상을 초월한 곳이 많다는 건 불건전한 사회상을 말해주는 것이기도 하다. 그런 장소들 때문에 동네의 작고 소박한 노래방들까지 같은 취급을 받는 건 정직하게 영업하는 분들에게는 불쾌한 일이다.

한국인은 워낙 흥을 즐기고 신명이 있는 민족이다 보니 놀이문화 역시 다양하게 변화, 발전해온 게 사실이다. 남자든 여자든 셋만 모이면 뭔가 '놀 거리'를 찾는다. 놀이의 종류는 다양해졌지만 각자의 취향이 다르기 때문에 돈 많이 안 들면서 함께 즐길 수 있는 놀이는 그리 많지 않다. 개중에는 살기 위해 놀이를 필요로 하는 게 아니라 놀기만을 위해 사는 사람도 있는 것 같다. 질펀하게 놀고도 더 놀기를 원해 밤새 또 다른 장소로 3차, 4차 행을 감행하는 걸 보면 말이다. 그래도 사람들은 더 늙기 전에 놀아야 한다고 입을 모으는 걸보면 옛 대중가요의 가사가 결코 빈말이 아니었음을.

"노세 노세 젊어서 놀아, 늙어지면 못 노나니
화무는 십일홍이라 달도 차면 기우나니라"

---

* 고해성사(告解聖事) : 사제 앞에서 하느님께 죄를 고백하는 기독교 성사를 말한다. 신자의 고백을 들은 사제는 하느님을 대신해서 죄의 용서를 선언한다. 죄의 용서를 받은 신자는 죄의 대가인 벌을 치른다는 의미로 성서를 읽거나 선행을 하는데 이를 보속이라고 한다. 이때 사제는 신자가 고백한 잘못을 비밀에 부치도록 되어 있다.

블 랙 홀   노 래 방

색색이 돌아가는 싸이키텔릭 불빛 아래
초저녁부터 새벽까지
수많은 사람들의 고해성사를 듣는다
매일 밤 사람들이 질러대는 레퍼토리에
청력 이상을 감지한 블랙홀은
몸서리치는 고통을 호소하나
모든 빛과 소리를 빨아들일 뿐이다

폭탄주에 혀가 절여진 남자와
벽에 걸린 그림 속에서 나온 반라의 여자는
블랙홀 속으로 빨려 들어갔다가
다시 영상으로 되돌아 나오고
빠른 속도로 바뀌는 화면이
신음 같은 음성의 떨림을
순식간에 삼켜버리자
망각은 터진 혈관을 타고 줄줄 흘러
발등을 적신다

연신 블랙홀 속으로 들어갔다
블랙홀 밖으로 나오는 얼굴들
시간은 하나둘 욕망에 절은 화면을 빠져나가고
물고기들만 화면 가득
죽은 바다를 끌고 간다

길 없는 길

"모든 길은 로마로 통한다."는 말이 있다. 이 말은 프랑스의 시인 라 퐁텐의 우화집에 나온 격언인데, 여기서 '길'은 로마의 전성기 때 영 토 확장이란 개념 외에 개방의 의미를 담고 있다. 당시 거대 로마제 국은 막강한 군사력으로 서유럽까지 군사도로를 건설했고, 근세까 지 이 국도를 사용해왔다. 말 그대로 모든 길이 로마로 통하고 있었 으므로 이는 문화사적인 의미도 있다. 이처럼 유럽 문화의 거의 대부 분이 로마의 것으로부터 출발했다고 해도 과언이 아니다.

우리에게도 '길'은 정치, 경제뿐 아니라 역사, 문화와 밀접한 관 련이 있다. 그 길은 대개 권력이나 역사의 상징으로 대변되기 때문이 다. 내게 기억되는 길의 의미 역시 지금까지 걸어온 길과 앞으로 걸 어가야 할 길, 그리고 현재 걷고 있는 길 위에서 다시 한번 길의 의미 를 생각해보게 된다.

어떤 고층건물이든 맨 마지막 지하층은 더 이상 내려갈 곳이 없다. 건축 구조상 문제가 안 된다면 위로는 증축이 가능하나 지하로 한 층을 더 만들기란 설계상 불가능하기 때문이다. 어쩌면 우리 인생도 마찬가지란 생각을 한다. 올라가는 계획은 할 수 있어도 거꾸로 내려갈 것을 계획하는 사람은 없다.

그러나 늘 좋을 수만 없는 것이 우리네 삶이고 때론 실패를 통해 초심이 흔들리기도 한다. 집을 짓다 중간에 문제가 있다면 수정, 보완해서 거기서부터 다시 시작하면 되는 것이지 이미 만들어진 기초까지 전부를 무너뜨리는 사람은 없을 것이다. 그러나 이 모든 것들이 수정 가능한 시점이냐 아니냐가 관건이다. 누구나 애초에 자기가 설정한 길을 가기 위해 부단한 노력을 하지만 수시로 노선을 변경해야 할 상황을 맞기도 한다. 그럴 때마다 자신의 실수를 반성하기보다는 남을 탓하거나 원망하는 게 사실이다.

대개 많은 사람들은 넓고 곧은 길을 좋아하고 또 가고자 할 뿐, 좁고 구불거리며 험한 길은 가려고 하지 않기 때문이다. 이는 빠르고 편한 것을 추구하는 현대인들의 삶의 방식이고 스타일이기도 하다. 그것이 나쁘다는 의미는 아니지만 길 위에서 길을 잃었을 때 헤매지 않고 목적지를 찾아가는 건 쉬운 일이 아니다. 그래서 길 없는 길을 찾아가는 훈련이 필요한지도 모르겠다.

부자가 되는 길, 건강하게 사는 길, 경쟁에서 이기는 길, 우등생이 되는 길, 자기 분야에서 성공하는 길, 미인이 되는 길, 연애에 골인하는 길, 동안녀되는 길, 영어 달인이 되는 길, 내조의 달인이 되는 길, 수행의 길, 목회의 길, 길, 길……

　우리는 오늘도 수없이 많은 길을 가기 위해 산다. 아니 살기 위해 길을 간다. 그 길 위에서 대개는 직진을 하지만 수시로 좌·우회전을 하거나 유턴을 하고 또는 전혀 다른 길로 우회하기도 한다. 혹은 꼭대기까지 올라갔는데 더 이상 올라갈 길이 없다면 잠시 선회를 통해 새로운 비상을 꿈꿀 것인지 아니면 바닥에 내려앉을 것이지 스스로에게 묻고 또 묻는다. 우리 삶에서 맨 마지막 지하층은 더 이상의 선택이 없다는 것을 알기에.

매트릭스에 갇힌 신(新) 그레고르 잠자

그 일이 있기까지 심장에서 입까지의 거리가 그리도 멀다는 것을 알지 못했다. 나의 아침은 귀를 크게 열어야만 했고 머리맡에서 울리는 일병의 기상나팔 소리로 시작되는 관계 노동의 하루는 어느덧 정밀한 기계의 일부가 돼버렸다. 신 개념의 노예기관에 등록된 지 7년차, 고객이 부르면 어디든지 OK! 허리가 휠만큼 말품과 발품을 파는 신(新)그레고르 잠자의 하루.

　잠시 숨을 고르다 메일을 열었을 때 내 눈을 의심했다. 구조조정과 해고란 단어가 다르다 하여 의미도 다른 줄 알았던 나의 부정의식은 이내 침몰하는 배의 후미에 가 있었다. 한참이 지난 뒤 많은 입들이 술렁거리기 시작했다. '변신'의 속편인가. 허탈과 억울함 사이에서 머뭇거리는 동안 미세한 진동이 목울대에서 울먹거렸다. 제자들의 얼굴 대신 싸늘한 12월의 바람이 몸을 휘감는 오후.

내 나이 쉰에 뛰어넘을 수 없는 벽이 너무 많다는 것에 절망도 했다. 이미 죽은 물고기에게 행하는 인공호흡이 무의미한 것처럼 돌아갈 수 없는 이십대를 씩씩하게 슬퍼했던 것도 사실이었고, 무언가(無言歌)가 무색하여 올려다본 하늘은 한참 동안 나의 머리를 무겁게 짓누르고 있었다.

권력의 손에 휘둘리다 떨어진 아득한 꿈. 그새 박쥐와 같거나 먹이를 두고 싸우는 들개 무리들은 보이는 것은 보았다고 말하면서 보고 싶은 것만 보고 다 아는 듯 말했다. 가쁜 숨을 몰아쉬며 어떻게 살면 자유로워질 수 있을까를 꿈꾸었지만 현실은 이내 비현실과 뒤섞여 환상처럼 모호해졌다. 말하기 좋아하는 사람들은 늘 떠들어대며 배곯아 죽어도 배 터져 죽었다고 수군거렸다. 매트릭스에 갇힌 채, 기만당하고 있는데도 그걸 말하지 못하는 나.

도무지 분간할 수 없는 경계, 여기서 저기로 가면 저기는 여기가 되고 여기는 저기가 되는 삶과 죽음, 현실과 이상, 시작과 끝이 없는 지점. 알 수 없는 존재에 대한 두려움으로 한치 앞도 보이지 않는 뿌연 안개 속에서 출구를 더듬는 열 손가락이 가늘게 떨리고 있다.

고 도 와 속 도 가 만 난 자 리

딸을 배웅하고 돌아오는 길,
버스 앞 유리창 전체로 들어온 광선이
내 몸을 통과할 무렵
긴 인천대교 아래로 물 빠진 갯벌이 보인다.
이어 시카고행 비행기가 굉음과 함께
무거운 머리를 쳐올리고는
빛을 쪼개며 하늘을 가른다.

서늘하리만치 당당하게 살아가는 아이
제 어깨에 밖에 닿지 않는 어미를 인심 쓰듯 안아주곤
황망히 가버리는 딸년이 거침없이 하는 말,
퀴퀴한 관념을 버리고 속도를 배우란다.
그놈의 속도는 어디 있을까.
고도를 기다리듯 속도를 찾기 위해
숨을 헐떡이며 오늘 같은 어제를 살아가는데
딸은 현재에서 미래의 저를 만나고
난 내일 같은 오늘을 기다린다.

달리는 차의 속도에 몸을 맡긴 채,
잠시 눈을 감았다 뜨자 속도는 순식간에 나를
본래의 자리로 데려다 놓았다.
무서운 속도와 고도가 만나는 경계에
두려움에 떠는 내가 서 있다.

그니의 패

무슨 말이 더 필요할까. 이 땅의 수많은 시간강사들의 비애를. 어렵게 공부해서 박사가 되어도 뾰족한 수가 없다. 미국이나 유럽의 대학과는 달리 논문의 질보다는 수에 더 집착을 하는 풍토인 것도 그렇지만 소위 명문대 출신과 화려한 스펙을 가졌다면 누가 뭐래도 일단은 한 수 위로 본다. 제아무리 성실하고 실력이 있어도 명문대가 아니고 나이가 많으면 서류조차 내보지 못하고 열외다. 한국은 학력 인플레로 인해 더 이상 박사는 박사도 아니다. 이쯤 되고 보니 대학의 강의 자리를 두고 이전투구 양상이 벌어진다.

언제 퇴출될지 모르는 아슬아슬한 외줄타기 같은 현실에 대해 지금 대학을 다니거나 대학원에서 석·박사 과정을 공부하는 학생들은 어떤 생각을 갖고 있을지 궁금하다. 퇴직을 앞둔 원로 교수님들은 이렇게 전쟁을 치르듯 대학에 진입하지 않았다고 하셨다. 그만큼 박사 수가 적었기 때문이다. 현재 그분들도 우수한 제자들을 놓고 열 손가락을 깨물어야 하는 고통을 안고 있는 것 또한 사실이다. 무엇보다 실력이 우선되어야 하겠지만 눈에 보이지 않는 '운'이라는 것은 극복할 수도 없다.

오죽했으면 예전에 한 시인은 자신의 시를 통해 "서울, 대전, 대구, 부산 찍고······"라는 말로 시간강사를 유행가 가사에 비유했을까. 그렇게 말하던 시인도 지금 교수가 되어 있다. 떠돌이 장돌뱅이에겐 자유라도 있다. 한동안 세간을 떠들썩하게 했던 정의에 불타던 그들도 강을 건너기만 하면 자신들에겐 전혀 해당 '무(無)'였던 일처럼 까마득히 잊어버리는 게 사람이다.

그러다 어느 날 예고도 없이 단체 메일 한 통씩 턱하니 날리면 그뿐인 위대한 분들의 실행 능력에 가슴 아파할 여유도 없이 이집 저집 기웃거리며 품을 팔아야 하는 심적 고통을 감내할 수밖에 없다. 그러나 그건 전혀 새로울 것도 없는, 대학이 사람을 효용가치로만 사용한다는 차원에서 당연한 절차라는 것을 보따리 장사들도 익히 알고 있는 사실이다.

폭 설

꽝! 다음 기회에
새삼스레 아파할 일도 아닌 것을
세상은 비밀을 말아 쥔 손들이 너무도 많은 모양이다
손아귀에 쥔 뻔한 패를 가지고
장난치는 장꾼들이 많은 걸 보면

날이면 날마다 오는 것이 아니라고
뱀의 목을 쥐고 핏대를 올리는
약장수의 심정이 이러할까
하늘은 평소와 같을 것인데
내 눈에 비친 하늘은
온통 먹구름을 숨기고 있는 듯하다

바람의 손은 나를 사정없이 밀쳐내고
열한 장의 달력은 남은 한 장을
거두기 위해 저승사자처럼 서있다
헛헛한 마음에 목이 타
소주병을 딴다

병뚜껑을 따본 뒤 겨우 알았다
술 한 잔 못 먹는 여자라도
'한 병 더' 라는 글자가 주는
그 슬픈 희열을

흑석동 悲歌

을씨년스런 바람이 불던 늦가을이었다. 전날 밤 내린 비로 노란 은행잎이 길바닥을 덮고 있던 골목길은 많이 낯설었다. 늦은 나이에 박사과정 원서를 들고 처음 흑석동에 갔던 날, 내비게이션이 없던 때라 지도를 보고 길을 나섰다. 서울 촌놈이라고, 서울에 살면서도 많이 돌아다니지 않다 보니 연고가 없던 흑석동 쪽은 더 그랬다.

　대학 주변 골목에 차를 세웠는데 어느 집 대문 앞에 차가운 빗물이 고인 빈 중국집 그릇이 구르고 있었다. 순간 누군가의 입을 즐겁게 해주었던 따뜻한 검은 짜장면과 빨간 짬뽕이 강한 대비로 다가왔다. 먹다 남은 음식은 길고양이들이 마구 헤집어 놓은 채, 행인들의 발에 채여 흉물스러웠다. 순간 빈 그릇이 왜 그리도 내 모습과 오버랩 되던지 한참을 애처롭게 바라보았다. 처음 직업을 버리고 문학을 하겠다고 했을 때 어머니는 말리셨다. 아이들 키우며 공부에 쏟았던 서러운 시간들이 주마등처럼 스치면서 내가 혹시나 이 학교에서 저 빈 그릇 같은 존재가 되지는 않을까 하는 두려움으로 가득했는데.

빈　그릇

골목길 담벼락 아래
찬비를 맞고 짜장면 그릇이 포개 앉아있다
(화덕의 열기와 갓 볶아낸
짜장의 온기가 무척이나 그리운 얼굴)
허기진 사람의 입을 즐겁게
빈 위장을 채워주던
한 그릇 짜장면의 행복했던 순간들
이제는 검은 짜장의 흔적만 남아
행인의 발에 차이고
데굴데굴 구르다 또 다른 사람의 발에 걸린다
사람들은 알까
이리저리 차이기도 쉬운
빈 그릇이 울기도 한다는,
슬픈 소리로 가슴을 때리기도 한다는 걸

생의 온기와 냉기가 심하게 교차된다
오토바이 철가방 속을
아득히 그리며

겨울나무

평소 나무를 좋아해 가끔 수목원을 찾는다. 겨울이라 무채색의 적막함이 아쉽기는 하지만 여름만큼은 아니어도 겨울 산의 깐깐한 매력도 꽤 괜찮다. 워낙 늦게 들어간 탓에 해가 빨리 떨어진다는 것도 잊고 찻집에 앉아 있다가 폐장 시간에 쫓기듯 빠져나왔다. 어릴 적 동요 '겨울나무'가 생각나 돌아본 겨울 산의 기운이 어찌나 날카로운지 범상치 않았다. 서로의 언 몸을 비비며 눈발을 맞고 있는 겨울나무에게서 한참 동안 나무의 본질을 본 듯했다.

주 목 의   힘

세상에 호락호락 멱살 잡히지 않고
한겨울 수목원을 지키는
푸른 주목의 기운
저 혼자 칼바람을 맞고 서서
그렇게 천년을 간다는데

바람의 손에 부러진 촉수와
굵은 소금발 같은 눈에 절은 몸
주목의 겨울은 인고의 시간이다

생쥐 한 마리 얼씬 못하는
꽝꽝 언 산이 시퍼런 기를 내뿜고
세상 모든 것들이
처음으로 돌아갈 수 없음을 그때 알았다
내가 붙잡고 있는 것들 역시
결국은 바람이라는 것과
한낱 꿈 부스러기였다는 것을

뜬눈으로 꼿꼿이
겨울 수목원을 지키고 서있는
저 뿌리 속에 묻은 사연들이
세차게 내리는 눈발이 되어
나를 치고 있었다

죽음의 유산

나이가 들면서 문상 갈 일이 많아진다. 한 달에 세 번이나 있을 때도 있다. 그때마다 죽은 자를 위한 자리가 마치 산 자들이 모여 즐기는 자리가 아닌지 헷갈린다. 형제들은 물론 오랫동안 만나지 못했던 친지와 친구들, 그리고 지인들이 한데 모여 서로 슬픔을 나누고 고인과의 추억을 떠올리며 울다가 웃는 희한한 장면을 보곤 한다. 어찌보면 젊은 사람의 안타까운 죽음이 아니라면 수(壽)를 다하신 어른들의 죽음은 꼭 슬픈 일만은 아닌 듯 보였다.

때론 고인의 엄청난 유산 상속 문제로 자식 간에 반목과 불화를 가져오는 경우가 있는 반면, 가족을 화합하게 해주고 가시는 분도 많다. 혹은 고인이 오랜 기간 중병을 앓았거나 치매와 같은 병으로 인해 가족들이 정신적·육체적 고통을 받았다면 평소에 마음의 준비를 한다. 그래서 인간의 행복이란 살아있는 동안만 잘 사는 것이 아니라 자신이나 가족들에게 고통 주지 않고 편안한 죽음을 맞는 것 또한 하늘에 감사할 일이란 생각이 든다.

지난 연말 한 지인의 부친상에 갔다. 유명한 대학병원의 제일 크고 넓은 장례식장에 들어서자 셀 수도 없이 많은 조화가 열병식 하듯 도열해있고, 검은 정장 차림의 조문객들 행색으로 보아 생전에 고인의 지위와 부를 가늠할 수 있었다. 그런데 상주들의 얼굴에서 묘한 기류가 흐르는 것을 느꼈다. 조문을 마치고 식사 자리에서 지인이 하는 말을 듣고는 어이가 없었다. 갑자기 혈압으로 돌아가신 아버지는 안중에도 없고, 세 오빠들은 그저 거액의 재산을 놓고 알력 다툼을 하는 중이라고 했다.

장남인 오라버니는 더 많은 유산을 갖기 위해서 혈안이 되어 있고, 둘째, 셋째 오빠들 역시 하나밖에 없는 딸은 출가외인이니 자신들 다음이라고 우기는 와중에 사위인 남편이 한마디 거들다 부친의 영정 앞에서 욕설이 오갔다고 한다. 오빠들 역시 많이 배우고 여유 있는 사람들임에도 불구하고 그럴 수 있다는 게 놀랍고 황당했다.

그와는 반대로 어느 장례식에서는 고인이 남은 재산을 사회 봉사단체에 남김없이 기부하고 자손들에게는 가르쳐서 먹고 살게 한 것만으로 충분하다며 한 푼도 남겨주지 않았다는 말을 들었다. 두 집을 비교해보니 오히려 유산을 전혀 받지 않은 사람들이 되레 형제들끼리 존중하고 부모를 존경하는 마음을 갖고 있었다. 그런 차원에서 최근 일부 재벌들의 유산 상속에 대한 소송이 볼썽사납기는 하지만 사회적 이슈가 될 만해 보이기도 한다.

　장례라는 인륜지대사(人倫之大事)의 마지막 관문, 산 자와 죽은 자의 아름다운 굿판이기 전에 떠나는 자와 남은 자의 경계에 숨겨진 슬픈 딜레마가 내내 씁쓸함으로 남아있다.

악몽

벌써 8년 전 일이다. 세월은 무심하게도 그날의 엄청났던 사고를 과거라는 이름 속으로 밀어 넣고 문을 닫아버렸다. 아직도 그 길을 지날 때마다 브레이크를 밟는 발에 힘이 주어지고 울컥 분노가 인다.

그해 가을 저녁, 조카가 탄 스쿠터가 좌회전 신호를 받고 출발하고 있었다. 순간 우회전 차선에 있던 코란도가 신호를 위반하고 직진하면서 조카를 친 상태로 50미터를 끌고 간 대형 사고였다. 사람들이 다 죽었다고 할 정도의 중상으로 대학병원 응급실에 실려 갔고 언니 내외가 지방에 내려간 사이 연락을 받은 난 남편과 함께 병원으로 갔다. 피비린내가 진동하는 응급실 간이 수술대 위에서 조카의 몸은 살아있는 게 기적 같아 보였다. 뼈가 바스라지고 피투성이가 된 상태로 비명을 지르고 있었다.

뒤늦게 병원에 도착해 아들을 본 언니는 혼절하고 말았다. 남편과 나는 뒷일을 형부에게 맡기고 급히 집으로 와 카메라를 챙겨 사고 현장으로 달려갔을 때, 기절할 일이 벌어져 있었다. 몇 시간 사이에 보존되어야 할 도로 바닥의 스키드마크와 핏자국 그리고 현장의 흔적들이 물로 깨끗이 지워져 있었던 것이다. 우린 직감적으로 한쪽집 아들은 사느냐 죽느냐 하는 판국에 가해자 쪽 사람들은 자기의 아들만을 보호하기 위해 경찰 쪽 사람들과 보이지 않는 모사를 벌였음을 짐작할 수 있었다.

그러나 가해자와 그 부모들은 자기 자식이 잘못했음에도 불구하고 경찰과 차후에 일어날 재판 절차까지 이미 정리해 놓았던 것이다. 며칠 후, 사건현장에서 재조사를 하던 중 그 부모들은 입회했던 경찰관과 웃으며 여유 있게 대화를 나누는 걸 보면서 기가 막혔다. 세상엔 보이지 않는 부조리한 손들이 너무 많음을 알았다. 피해자는 사경을 헤매는데 가해자는 감옥 갈까 봐 벌벌 떠는 모습에 기막혔고, 얼마 후에 한 형사를 통해 그들 뒤에 엄청난 힘이 작용했다는 말을 들을 수 있었다.

이후 조카는 지인인 대학병원 의사 선생님의 큰 도움으로 성공적인 수술을 받을 수 있었다. 이틀에 걸친 두 차례의 대수술 끝에 몇 달동안 병원생활을 해야만 했다. 그들은 죗값은 커녕 보험으로 처리하겠다며 담당 형사의 회유와 술수에 말린 우리들을 비웃기라도 하듯 교묘히 빠져나갔다. 담당 형사를 상대로 소송을 할까도 고려했지만 법망을 피해가는 방법을 알고 있는 그를 당할 재간이 없었다. 그 일로 형부는 교보를 상대로 3년간 소송을 했고 결국 승소라기보다 2,700만 원의 보상금을 받아냈다. 그러나 그때까지 조카의 수술비 4,800만 원은 물론 3개월간의 병원생활과 3년간의 치료 기간, 2년이 넘게 고생한 조카와 언니 가족의 눈물과 고통의 시간은 어디서도 보상받을 수 없었다.

지금도 생각만 하면 살이 떨린다. 이 세상에 얼마나 많은 부조리와 허구가 판치는지를. 그토록 파렴치한 행동을 한 사람들도 자식이 잘되기를 바라는지, 하늘을 이고 살 자격이 있는지 생각하다 결국 우리가 더 지혜롭지 못한 탓으로 돌리며 후회했던 사건이었다.

비 와 혈 흔

비 오는 아스팔트 바닥에
하얀 손들이 찍혀 있다
사선으로 길게 휘어진 흔적들
잊혀진 순간의 공포에
혹시나 하여

'지난 ○월 ○일 밤 9시 30분 경
우회전 차선에서 직진하던 코란도와 좌회전하던 오토바이
사고를 목격하신 분의 연락을 애타게 기다립니다.'
– 후사하겠음.

비슷한 문구의 현수막만 봐도
피가 솟고 살이 떨린다
그 지점을 지나면서부터 비는 점점 더 내리고
잘린 다리 하나가 허공에 둥둥 떠다닌다
마네킹의 허연 다리형체를 하고
빗줄기를 따라 나타났다 사라진다
비는 아무 생각 없이 혈흔을 지워내고
수없이 그 자리를 바라보다
비가 되어 흐르는
눈물을 닦는다

링 위의 사내들

약이 오른 두 쌈닭을 지켜보며 수많은 관중이 흥분의 도가니에 빠진
다. 여기저기서 악을 쓰며 자기가 응원하는 선수의 이름을 외쳐댄다.
개인적으로 가장 싫어하는 운동경기가 권투지만 왜 그렇게 많은 사
람들이 권투를 보고 열광하는지 아이러니하게도 이 나이에 조금 이
해하게 되었다. 사각의 링 안에 인간의 세계가 있었다. 물론 자신의
모든 걸 두 주먹에 건 파이터의 심정을 다 알 수는 없다. 그러나 승패
를 가르는 한방을 위해 오랜 시간 수없이 두들겨 맞고 피 흘린 날들
을 따지는 땀과 고통의 10라운드는 단순한 힘자랑의 시간이 아니다.

　관중들이야 번개 주먹의 통쾌함에 매료될 수도 있고, 대리만족을
느낄 수도 있겠으나 어느 순간 가슴이 저릴 때가 있다. 강펀치 한번
에 KO면 그건 차라리 낫다. 죽어라 싸웠는데 판정패라는 처절한 결
과와 파이터의 눈빛과 찢어진 얼굴의 상처를 보면 숙연해진다. 우연

히 한 권투 경기를 보다 승자의 올려진 팔에 패자의 손을 얹어주는 심판의 마음은 어떨까 생각했다. 패자에겐 상처를 딛고 다음을 기약하라는 격려가 되겠지만, 승자에겐 다음번엔 반대가 될 수도 있으니 방심하지 말라는 경고일 수도 있다.

사 각 의   링 을   許 하 다

사각의 링 위에
두 파이터의 주먹이 날고 있다
인상도, 몸의 문신도
굵은 팔뚝의 근육도, 배를 감싸는 복근도
기회를 노리는 민첩한 발놀림도
예리하게 번뜩이는 그의 눈빛을 따라가진 못했다

단 한 방을 노리는 주먹과
쉴 새 없이 튀어나가는 잽은
날선 칼날처럼
상대의 급소를 향하고
순식간에 허점을 보인 상대의
얼굴을 가격하는 그

공이 울리자 경기는 끝나고
패자의 찢어진 눈에서 흐르는 피를 닦아주는 그
승리의 팔이 올려지는 순간
승자의 어깨 위에 패자의 팔이 얹혀있었다
승자도 패자도 없는 링 위에서
피의 결투를 보았다

일상의 영웅

한 문학지에 '봉은사의 점심시간'이란 글 한 편을 실은 적이 있다. 당시 삼성동 근처를 지나다 사찰 정문 밖 도로까지 길게 줄을 선 사람들을 보게 되었다. 이는 봉은사에서 수백 명의 노숙자들에게 점심 한 끼 밥보시를 하는 줄이라고 했다. 다른 종교단체들도 대승적으로 밥봉사에 동참했던 시절이다. IMF로 인해 이 땅의 수많은 아버지들이 퇴출의 아픔과 경제적 고통을 겪어야만 했고, 아직까지도 그 굴레에서 벗어나지 못한 이들이 적지 않다.

자본주의의 목적은 정당한 이윤의 획득과 공정한 소득 분배에 있지만 현실은 예나 지금이나 크게 변한 게 없어 보인다. 최악의 경제 상황에도 아랑곳하지 않던 대기업들의 오만함이 달라졌다고는 하나 여전히 무소불위의 권좌에 있다. 난세에 영웅이 난다고, 국난극복의 결집으로 암울한 터널을 빠져나왔던 그땐 '서민이 영웅'이었다. 그러나 현실은 어떠한가. 시시때때로 사회를 시끄럽게 만드는 이권 다툼과 당리당략에 눈먼 정치인들, 일부 부도덕한 공직자들을 보면 마치 자신들이 영웅인양 뻐기고 행세한다.

2007년 성철스님의 법어집 『산시산 수시수(山是山 水是水)』가 출간되었을 당시 책을 본 적이 있다. 이미 1981년 조계종 종정에 추대되었을 때 "산은 산이요, 물은 물이로다."라는 법어로 대단한 주목을 끌었고 세상의 소란을 잠재웠던 말씀이다. 만물의 근원이 하나이므로 자신이 부처를 만났을 때 산과 물의 구분이 없어진다는 『금강경(金剛經)』의 구절을 인용하여 법당 안에서만 부처님을 찾는 불자들을 꾸짖었다고 전한다. 이러한 법문들이 각 시대마다 속인들에게 정치적이든 방향타 적 역할이든 보이지 않는 힘으로 작용했는지도 모른다. 그러나 어떤 의도를 떠나 어지럽고 각박한 현실 속에서 법문 하나가 사람의 마음을 움직일 수 있다는 것은 놀라운 일이다.

미학자 진중권은 한 일간지 문화면에 책을 추천하면서 "옛날에는 영웅이 혁명가였다. 그런데 요즘은 영웅이 CEO"란 말을 했다. 물론 그 말이 무엇을 의미하는지 알지만 때론 영웅이란 그야말로 부자도 아니고 권력자도 아닌 평범한 인물들 속에 존재한다. 개인주의와 물질주의가 팽배한 현실에서 누군가를 위해 희생을 감수한다는 것은 아무나 할 수 있는 일이 아니다. 화재 현장에서 사투를 벌이는 소방관의 살신성인이나 위기의 순간 그 누구보다 용감히 힘을 보태주던 우리 이웃들. 이 시대의 진정한 영웅은 바로 그런 사람들이 아닐까.

요즘 한국의 10대들에게 1997년 'IMF'에 대해서 묻는다면 그런 일이 있었냐고 반문할 것이다. 실제로 경험해보지 않은 청소년들은 그것이 얼마나 큰 위기였는지 알지 못한다. 당시 절박함을 느낀 세대들조차도 점차 잊어버리기 시작했지만 그러기엔 아직 이르다. IMF 시절 한 그릇의 밥을 들고 봉은사 모퉁이에 쪼그려 앉아 허기진 배를 채우던 노숙자들에게 꽃이 피어나기를 무수히 기원했던 그때 그 기도를 생각하며, 어쩌면 이 시대에 영원히 오지 않을지도 모를 '영웅'을 간절히 기다려본다.

1달러의 위력

세상은 지금 문화 전쟁이다. 중국의 경우 워낙 땅이 넓은 나라다 보니 동서의 길이만큼 다양한 문화를 가지고 있다. 13년 전 첫 중국 여행지였던 계림의 한 시골마을에서 받은 인상이 워낙 강해서 아직까지 그 기록이 깨지지 않고 있다. 세계의 오지마을에 가보지 않은 나로서는 처음 보는 토굴집은 낯설고 신기하기만 했다. 그곳에서 내게 손을 내미는 한 소년에게 1달러를 주었는데 얼마 후, 가족 전체가 몰려와 버스로 피해 온 나를 보고 차창 밖에서 '1달러'를 외치던 얼굴들은 잊을 수가 없다.

놀라운 것은 계림은 등소평의 개혁개방 정책의 실험 무대인 경제 특구니 개발 특구의 혜택과는 전혀 관계없는 극빈 지역으로, 심한 빈부의 격차, 과거와 현재가 혼재된 상태에 두꺼운 대륙의 배짱 기질까지를 하나의 문화로써 당당하게 보여주고 있다는 점이다.

그러나 현재 중국은 '조용한 카리스마'라고 불리는 시진핑의 개방적이고 포용력 있는 리더십으로 향후 10년간 열린 외교를 펼치며 국정운영을 이끌어갈 것이다. 정치, 경제, 사회, 문화에 있어 거대 중국은 어쩌면 갈림길에 놓여있는 것으로 보인다. 여기서 중국인의 특성인 내부의 투쟁과 외부적 결속에 대해 우리는 정확하게 봐야 할 시점이다. 세계 어느 나라도 권력 서열 앞에서는 서로의 발톱을 숨기고 겉으론 미소를 짓듯 말이다.

사실 중국은 문호가 개방된 이후 다양한 문화와 볼거리로 관광객들이 선호하는 여행지가 된 지 오래다. 동서 시차가 무려 4시간이나 되니 우리나라의 면적과 비교하면 실로 엄청나다. 한국인들이 중국을 선호하는 이유로 일단 가깝고, 한 중 간 정치적 관계뿐 아니라 국제화에 발맞춰 대학 교류의 활성화를 이유로 들 수 있다. 최근 들어서는 인문학 붐을 타고 동양사상이 부각되고, 몇 년 전부터 대학 강의실에 중국 유학생들의 수가 크게 늘어나는 추세다. 강의실에서 유학생들을 가르치는 경우도 종종 있지만 서로 다른 문화적 차이 때문에 적잖게 당황할 때가 발생하기도 한다.

광대한 땅과 13억이란 인구만으로도 압도적인 중국은 겉으로는 아날로그처럼 보이지만 초 디지털 세상으로 무섭게 진화하고 있다. '빠름과 느림의 속도'를 동시에 즐기고 있는 그들을 보면서 또 한 번 놀랐다. 이른 아침 인해전술을 방불케 하는 도로를 가득 메운 자전

거 행렬은 경이로움마저 들었고, 노점의 나무 의자에 앉아 쌀국수로 끼니를 해결하는 시민들은 순박한 듯 보이나 기민함이 넘쳤다. 중국 전체 인구의 20~30%만이 문화적 혜택을 받는다고 한다. 그중 계림은 14개 자치구 중 가장 빈곤하지만 빼어난 풍광, 유물과 유적지만으로도 상징성을 갖고 있었다.

그런 그들에게 1달러는 큰돈이다. 우리 아이들이 계림, 서안의 버스 안에서 웃옷을 입은 사람 숫자 세기를 할 정도로 섭씨 40도를 오르내리는 폭염을 그들은 자연스럽게 견디고 있었다. 한국과 관련된 일을 하는 사람 아니고는 그들은 한국어를 모른다. 그럼에도 한국 돈 천 원 짜리 열 장을 들고 "만 원으로 바꿔 줘"라는 말을 정확히 구사하는 상인들의 눈빛은 섬뜩할 정도다. 관광객이 버린 빈 병과 캔을 모으고 1달러를 구하기 위한 아이의 끈질김이 백 달러, 수백억 달러는 못 모으겠나 싶었다.

마지막 날, 주머니를 탈탈 털어 큰맘 먹고 비싼 경극 관람을 했다. 앵앵거리는 음악소리와 중국 특유의 붉은 무대가 혼을 빼고 남녀 무희들의 춤사위는 다양한 얼굴을 가진 중국과 닮아 있었다. 중국인들은 소주, 항주에서 살고, 광동 음식을 먹으며 유주에서 죽는 게 소원이라고 한다. 건강이 허락한다면 실크로드로의 배낭여행도 꿈꿔볼 텐데, 현지 상황을 보고 나니 용기가 나질 않았다. 일주일도 채 안 되는 일정으로 알기에는 턱없을 만큼 중국은 오랜 시간을 두고 깊이 연구해볼 나라다.

여행은 새로운 세상과의 접속이다. 그만큼 다른 나라의 풍경과 현지에서만 느끼는 낯선 경험들은 특별할 수밖에 없다. 거기에 좋은 사람들과 함께 하는 행운을 얻는다면 금상첨화다. 아마도 중국여행에서 아름답고 편리한 곳, 깨끗한 곳을 먼저 방문했더라면 나는 중국 서민들의 생활에 대해서 몰랐을 것이다. 그래서 어느 나라를 여행하든지 그 나라의 밝은 면보다는 어두운 이면을 반드시 볼 필요가 있다.

그 여름, 계림의 찌는 듯한 날씨와 기름진 음식, 1달러에 대한 씁쓸함은 있었지만 아직도 내게 특별한 기억으로 남아있다.

베낌과 벗김

표절 시비는 학계뿐 아니라 각종 예술계 쪽에서 심심찮게 나오는 말이다. 소위 배웠다는 사람들이 그럴 수 있을까 싶지만 아주 교묘한 방법으로 짜깁기 논문을 쓴 이름 있는 교수들이 뉴스에 보도되기도 한다. 그 일로 자리에서 물러나거나 징계를 당하는 경우가 종종 일어나기도 한다. 보통 사람들이 말하는 상식선이라는 것이 어디까지를 말하는 건지 애매하기는 하지만 정확한 근거와 증거가 있는 경우 물의를 일으킨 당사자는 마땅히 잘못을 시인하고 대가를 받아야만 하는 것 또한 상식이다.

표절에 있어서는 가수와 작곡가, 배우와 영화 제작자의 관계도 빼놓을 수 없는데, 외국 가요 표절로 물의를 일으킨 신세대 가수나 기성 가수들의 변명이 각종 매스컴을 통해서 도마에 오르고 내리는 것을 가끔 보게 된다. 이러한 표절 관행은 서로에게 자존심을 건드리는 일로 확대되어 법적으로 이어지기도 한다. 대중가요 하나로 오랫동안 클래식 못지않은 영예를 누리는 외국 가요나 국내 가요도 있고, 한 편의 연극으로 수년씩 장기 공연하는 무대도 있다. 노래 하나에도 역사가 있는 것처럼 많은 사람들에게 오랫동안 애창되는 곡은 그만한 이유가 있다.

오랜만에 서울 명동 근처에 일이 있어 나갔다. 20대 때 첫 직장생활을 했던 곳이라 갈 때마다 느낌이 남다르다. 사무실에서 명동을 지나 충무로 스튜디오로 향하던 길은 내 눈과 귀를 트이게 했고, 화려한 쇼윈도에 진열된 옷과 액세서리, 리어카에서 파는 온갖 물건들은 흥미를 자극했다. 뽕짝에서 팝송, 재즈에서 클래식까지 흐르는 음악은 무방비 상태로 열려 있었다. 아마도 1930년대 이상이나 김기림 같은 모더니스트 시인들의 눈에 비친 풍경이 그와 같지 않았을까. 당시 백화점이나 명치정(明治町)(청계천 일대), 본정통(本町通)(종로, 충무로 부근)의 거리에서 흡사 파리의 산책자들처럼 어슬렁거리던 모던보이, 모던걸들과 같이.

거리에서 아이디어를 얻기도 하고, 사람들의 표정과 입은 옷을 통해서 계절의 변화를 느끼며 유명 부티크 앞에서 유행색과 흐름을 베꼈다. 직업의식에선지 시선을 끄는 장식이나 사물을 보면 재빠르게 눈에 찍어두거나 스케치를 해서 다음 행사의 광고에 활용하기도 했다. 유독 내 계획안(案)에 제동을 거는 상관 덕에 늘 긴장하고 날을 세

왔다. 그들의 눈에는 속된 말로 '듣보잡' 같은 촌티 나는 어린 초짜가 디자이너 흉내를 내는 게 가소로웠을 것이다. 광고에서 영감을 얻는 부분은 다양하다. 특히 전문 분야에서는 있는 그대로의 모방은 표절이 되기 때문에 순수하게 창작되거나 내 것으로 육화되어야 한다.

남의 것을 베끼는 것은 자기의 자존심을 벗기는 일이다. 다시 말하면 글쓰기가 두려운 것은 자신을 진실하게 벗겨야 하기 때문이다. 연세가 어머니뻘 되는 분의 글 속에 녹아 있는 인간적인 푸근함과 관조적 여유는 내가 도저히 흉내 낼 수 없는 부분이다. 그렇기에 진정성 없는 글을 쓰는 것은 맞지 않는 옷을 입은 것과 같이 자신을 속이는 글이 된다. 모든 일상과 인간관계 속의 이야기를 자기만의 소리로 정리하고, 글로 만드는 작업은 책임과 의무가 따르는 일이기에 자신에게 철저한 검열의 잣대가 필요하다.

내 글이 활자화되었을 때, 지식이랄 것도 없는 알량함이 고스란히 드러나 몹시 부끄러웠던 기억이 있다. 글을 통한 거창한 주장은 아니지만 글다운 글과 나다운 글을 써야 하는 경계에서 늘 중압감에 짓눌린다. 그런 전제가 부담이 되어선지 내 글이 실린 책이 나올 때쯤이면 소화가 안 되고 잠을 잘 수도 없다. 글 쓰는 사람은 누구나 자신의 다양한 경험과 지식을 동원하게 되지만 사람과의 대화, 혹은 자연에서 화두를 얻거나 깨닫는다. 그래서 '창작은 모방을 통한 재창조'라는 말을 한다.

모든 예술 활동은 인간만이 가진 유일한 특성이고 특권이다. 특히 말과 글이라는 무기는 사람을 살리기도 베기도 한다. 인간은 유용한 물건을 만들어내는 존재인 것처럼 글이란 사람에게 힘을 주는 도구가 되어야 할 것이다. 글을 쓰는 것은 누구나 할 수 있는 행위고 자유이다. 자유를 자유롭게 사용하는 것은 자기 뜻이나 표절이란 이름으로 양심을 버리기보다는 새로운 방식을 통한 자기만의 개성과 향기를 지녀야 할 것이다. 정확하고 솔직한 글로써 말 많은 세상에서 말없이 자신을 대변하는 것은 어떨까.

새로운 등식 하나.
베낌과 벗김의 관계란 '='이다.

은폐의 늪

신문 실은 수레바퀴 소리가 정적을 깨는 새벽. 세상의 달고, 쓰고, 맵고, 신소리를 바로바로 쩌내 활자로 날라주는 긴장과 이완의 시간이다. 행간 사이로 미끄러져 가는 수많은 사람 이야기, 특종이란 이름에 스러져 간 순교자들, 독자들은 저마다의 잣대로 그들의 삶을 업다운시킨다. 아침을 연다는 것이 일반 시민들에게는 어쩌면 놀이공원의 '블랙홀 2000'이나 '샷 드롭'과 같은 놀이기구를 타는 기분일지도 모른다. 신문 36면을 장식하는 세상의 사건, 사고들은 담력이 세야만 탈 수 있는 놀이기구처럼 블랙홀 속으로 빨려 들어갔다 다시 '업다운'을 반복하듯 어지럽기만 하다.

지난 해 여름 장맛비가 무섭게 퍼붓던 밤, 베란다 창틀 틈새로 엄청난 물이 들어와 밤새 애를 먹었다. 사실 물이 새는 위치를 찾아 보수를 하면 되지만 그 부분을 못 찾으면 큰 문제가 발생하게 된다. 겉으로 보기엔 아무 문제없어 보였듯이, 우리 주변에는 완벽함 뒤에 감춰진 구멍이 너무 많다.

지금 우리 눈에 비친 세상 모습 중 가장 안타까운 일은 사실과 진실의 은폐. 정직한 사람은 바보 취급을 받고, 남을 속이는 자가 우대받는 것을 보면서 모든 것이 엿장수 맘대로 잘려나가는 엿가락 같다. 무엇이 '사실'이고 무엇이 '진실'이냐를 놓고 옥신각신하는 정치인들의 꼭두각시놀음도, 지나치게 튀는 폴리페서(polifessor)도, 더 못 가져서 안달난 기업인도 모두 코미디 같다. 시끄러운 문제를 누가 어떻게 판단하고 얼마나 정확하게 표현하느냐가 관건인데, 시민들이 언론에 바라는 것은 세상이 두 쪽이 나도 할 말은 하는 진실의 증거자이기를 바라는 것이다. 정치적 의도로 언론을 탄압하는 것도, 언론이 사실과 진실의 왜곡을 특종화하는 것도 바람직하지 않기 때문이다.

한국인이 뽑은 100대 특종 중에서 1950년 미국 UP통신의 한국전쟁과 인천상륙작전 보도가 있다. 이 두 기사는 우리 분단의 역사를 대변해줌과 동시에 베일 속에 가려져 있던 미 소의 두 얼굴의 진실이 사실로 표면화되었던 세기의 사건이기도 하다. 경험하지 않고 그 어떠한 것도 실감나게 공감할 수는 없지만 수없이 보고 듣고 교육받으면서 자란 6·25에 대한 기록은 확실한 진실이다.

기자는 진실을 말하고, 기업은 올바른 기업윤리를 추구해야 하며, 학자는 진리를 가르쳐야 함에도 제도적 모순을 깨기가 어렵다. 현실적으로 한 개인이 제도를 바꾼다는 것은 불가능하다. 또한 이런 환경에서 소시민이 거대 권력에 대항한들 희망이 있을 리 없다. 다만 풀 한 포기도 제자리를 지킬 때 아름답듯이 작은 외침들이 모여 큰 힘을 발휘할 수 있다는 것은 진실의 증거다. 시대마다 엄청난 역사적 사건과 기록 앞에서 쉽고, 짧고, 정확한 사실로써 진실을 말해야 할 때이다.

우드페임*의 눈

'경마'하면 왠지 '승마'라는 놀이보다는 사행성 도박을 떠올리게 되어 부정적 이미지를 가지고 있는 게 사실이다. 그러나 말이 달리는 그것만 놓고 본다면 그렇게 통쾌하고 신날 수가 없다. 솔직히 기회가 된다면 한번 말을 타보고 싶기도 하다.

우연히 경마를 보게 되었다. 레인이 그려진 커다란 경기장에 말이 달린다는 것은 그 속도감에 흥분도 되고 손에 땀을 쥐게 하는 박진감이 있다. 출발선에 선 말들의 긴장된 눈빛은 대단하다. 신호가 떨어지자마자 튀어나가는 다리는 질주 본능 그 자체였고, 레인을 돌아 장애물을 넘어 달리는 말들이 일으키는 먼지바람은 영화의 한 장면 같다. 말들끼리 서로 부딪치며 쓰러지는 광경을 보고 열광하는 사람들은 대개가 경주마에 돈을 건 사람이거나 마주(馬主)들이라고 했다. 그때 입에 거품을 물고 달리는 말 중에서 가장 눈에 들어오는 한 마

리의 말이 있었다. 그 녀석이 바로 국내 최고 경주마인 '우드페임'이
었다.

---

* 우드페임(Wood Fame) : 국내산 최고가 경주마의 이름. 미국산 씨암말의 子馬.

馬 鳴

바람을 가르며
초원을 달리는 우드페임의 눈을 본다
눈이 응시하는 방향으로 내 시선을 쫓는다
갈기를 휘날리며 바람을 가르는 너
숨 가쁜 입가에 번지는 허연 거품은
내 심장을 욱신거리게 하고
나는 너의, 너는 나의
심장 소리를 듣는다

은빛 날개를 달고 창공을 가로지르는
새가 되고픈 시절이 있었지
이제 나의 본분은
새로운 결정이 필요치 않아
우드페임 넌,
총채를 흔들며 달려야만 하는 운명
네가 비밀정원을 달릴 때면
발굽에 스러지며 몸을 낮추는
풀들의 외침을 듣겠지
허공 속에 던진 약속 하나쯤 잊은 거 없냐고

날아가는 새를 바라보는 검은빛 갈기 말
웅숭깊은 눈동자에 찍힌 풀들이
일제히 몸을 세운다

기억의 퍼즐

사람 일은 아무도 모른다. 자신의 기억이 어느 날 갑자기 하얗게 사라진다면 저장과 재생은 물론 선험적인 기억조차 삭제되어 내가 무엇을 얼마나 알고 있었는지조차 잊은 채, 상실된 삶을 살게 될 것이다. 가까운 지인 중에 시어머니는 알츠하이머에, 시아버지는 치매에 걸려 계시다. 이 무슨 천형도 아니고 두 분이 함께 불치병을 앓고 계시니 그분을 뵐 때마다 남의 일이 아니다 싶고 "혹시 나도?"하는 생각이 든다.

10년 전 두 번의 수술을 하면서 마취 후유증으로 사람들의 이야기를 들어도 자주 잊어버리고 물건을 어디다 둔지 기억이 나질 않아 힘든 경험을 한 적이 있다. 한동안 증세가 지속되어 심난한 마음에 숫자나 장소를 기억하려 억지로 애를 쓰기도 했다. 누구나 그런 경우 당황하기 마련이다. 대개는 심신이 회복되면 좋아지긴 하지만 습

관처럼 매사 깜빡거린다면 사회생활에 지장을 초래할 수도 있다.

　나는 거의 매일 인터넷에 접속한다. 학기 중이라면 하루에도 여러 번 확인하지만 어쩌다 잠깐 동안 비밀번호가 생각나지 않을 때가 있다. 이내 정정해서 다시 시도해봐도 계속 오류 메시지가 뜨면 덜컥 긴장이 된다. 내 모든 기억이 하루아침에 사라져 버린다면? 하는 두려움에 떨며.

파일 암호명 'G.I.E.U.K'
- 랩의 새로운 발견

노트북을 여는 순간 머릿속이 하얘졌어
무서운 공포가 몰려왔지
잠시 기다렸으나 아무것도 기억나질 않아
수도 없이 헤매다 아이디는 찾았지만
비밀번호 바꾼 것을 잊었던 거야
생각을 미루고 노트북을 접으려는 순간 놀랍게도
내 손가락이 비밀번호를 찍고 있었어
잠재된 무의식 한 가닥이 살아 움직인 거지
디지털건망증을 체험한다는 건
그다지 유쾌한 일이 아니야
무진장 이야기가 차고 넘쳐도
비밀번호를 알 수 없다면
문조차 열 수 없다는 게 공포스러워
나를 열 수 있는 파일의 비밀번호는 절대 잊으면 안 돼
그마저 기억할 수 없는 시간이 온다면
그땐 우주의 침묵에 싸여 조용히
나를 거둬들이면 그뿐이야
기억을 잃는다는 건 빛을 가로질러
억만 겁 우주 밖으로 나가떨어졌다가
끝내 검은 눈물이 되어 흐르는 거래

부디 나를 잘 부탁해 오우 예~

3

맛과
멋

맛과 멋

맛에 대한 집착도 지나치면 독이 된다. 유독 맛에 유난한 사람들은 맛을 멋으로 착각하기가 도를 넘는다. 주말 오후 인사동의 한 아이스크림 가게 앞에 줄을 서있는 사람들을 보았다. 많은 젊은 친구들이 너도나도 고깔 콘을 손에 쥐고 달콤함 속에 빠져 흐뭇한 표정이다. 모임이 끝나고 어느 한분이 "우리도 하나 먹을까요?"라는 말에 다들 콘 하나씩을 손에 들곤 아이들처럼 신나했다. 어릴 적 아이스크림에 대한 기억은 혀끝이 아니라 추억의 맛인지도 모르겠다.

그러나 다양한 맛에 길들여진 현대인의 혀는 각자의 취향에 따라 거부도 쉽다. 쓰면 뱉고 달면 먹는 식으로 서로 간에 입맛 맞는 사람끼리의 융합도 자유자재로 이루어진다. 그리하여 정치를 한다는 사람도, 사업을 하는 사람도, 심지어 교우관계도 서로서로 잇속을 따져 헤쳐 모인다. 나만은 그러지 말자 하면서도 결국엔 끼리끼리 모이고 파를 나누는 모습은 썩 보기 좋지 않다.

우리나라처럼 학연, 지연, 혈연에 지겹게도 얽히는 나라는 흔치 않다. 서로 간에 파벌을 형성해서 주류와 비주류를 가르는 행태는 눈살이 찌푸려질 정도니 대단한 학벌이나 스펙을 따지는 사회에서 불만과 불평을 하는 쩨쩨한 사람이 돼버리고 만다. 이 작은 나라에서 서로의 권익만을 따져 상대방은 어떻든 저만 잘살면 된다는 식의 사고는 우리 젊은이들이 국제화 시대를 살아가기 위해서 반드시 버려야 할 나쁜 습성이다.

인간이 건강하게 살기 위해서 꼭 좋은 것만을 섭취할 수는 없다. 경우에 따라서는 독이 약이 되기도 하지만, 약으로 먹은 음식이 치명적인 독이 되기도 한다. 부모의 따끔한 충고를 아이들이 쓴맛으로만 받아들이는 것과 마찬가지다. 당장의 쓴맛이 훗날 달디 단 결과를 가져올 수도 있다는 것을 나 역시 그땐 알지 못했다.

세계적으로 유명한 장수촌 사람들은 한결같이 화내지 말고 '소식'과 '적당한 운동'이 장수의 비결이라고 말한다. 그러나 현대인처럼 달콤한 음식에 혀가 길들여지고 분노도 잘하며, 제 취향에 맞는 부류끼리 놀이 문화를 즐기는 사회 풍토에서 건강을 지킨다는 것이 쉬운 일은 아니다. 돈이 좋다한들 목숨과 맞바꿀 사람은 없을 것이다. 욕심을 줄이고 여유와 긍정적 사고로 사는 것이 '삶의 단맛'이라는 것을 슬프게도 아직까지 충분히 맛본 적이 없다.

금붕어 몰살 사건

대형마트에 들렀다. 사실 재래시장을 갈 만큼 시간적 여유가 없어 퇴근길에 장을 본다. 지하 주차장부터 에스컬레이터를 이용하여 올라가다 보면 동선 상 자연스럽게 지하 2층 매장을 들르게 되어 있다. 우연히 수족관 앞을 지나는데 판매 관리하는 아주머니께서 뜰채로 죽은 열대어를 건져내면서 "에구, 죽은 물고기 건지는 거 정말 싫어."라고 혼잣말하는 것을 들었다.

문득 아이들 초등학교 때 일이 생각났다. 금붕어를 사달라고 졸라 수족관을 설치할까 했지만 관리가 어려워 포기하고 아이들을 설득해 작은 어항에 금붕어 다섯 마리를 키우기로 합의를 봤다. 그리고 검은 왕눈이 한 마리와 흰 얼룩이 한 마리, 그리고 빨강이 세 마리를 사온 날부터 시작된 아이들의 금붕어 밥 주기는 그야말로 전쟁이었다. 하지만 제 스스로 밥을 주고 기르다 보면 정서적으로 도움이 될 것 같아 물 갈아주는 번거로움을 감수하며 4년이 넘도록 키웠다.

그 사건이 있던 날도 아이들은 학교에서 돌아오자마자 어항 속을 들여다보며 여느 때처럼 다투었다. 애들에게 그런 재미를 주려고 내 손으론 먹이를 주지 않았다. 그런데 작은 녀석이 어항 속에다 먹이를 들이부운 것이다. 제 생각엔 금붕어들이 수면 위로 올라와 입을 벌리는 것이 배가 고파 그렇다고 생각했던 모양이다. 난 그것도 모르고 밤늦게 어항 속을 보고는 기절하는 줄 알았다. 어항의 수면 위는 빈틈없이 통통 불은 먹이로 꽉 차 있어 숨을 쉬지 못한 금붕어들이 여기저기서 뻐끔거리고 있었다. 황급히 물에 뜬 부유물들을 전부 건져내고 즉시 깨끗한 물로 갈아 주었지만 때는 늦었다. 이미 산소 부족으로 비실거렸고 한두 마리는 중심을 잃고 있었다. 그래도 몰살할 줄은 생각지 못했다.

다음날 아침. 끔찍하게도 금붕어 다섯 마리가 모두 몸을 가로누운 채, 허연 배를 드러내고 뒤집혀 죽어있었다. 애들이 깨기 전에 나무젓가락으로 건져내고 치우려는데 작은 녀석이 일어나더니 통곡을 하기 시작했고, 큰아이까지 덩달아 집안이 떠나가도록 울어댔다. 아마도 제 부모가 죽어도 그리 서럽게 울까 싶을 정도였다. 어이없지만 한편으론 그 감성과 따뜻함을 지니고 있다는 것에 다행이란 생각도 들었다.

두 녀석은 어항 속에서 건져놓은 금붕어를 예쁜 종이에 싸더니 모종삽을 들고 어딘가로 금붕어 장례를 치르러 나가고 있었다. 그 모습에 남편과 난 나가는 아이들의 뒷모습을 베란다에서 내려다보았다. 아파트 담벼락 옆 큰 나무 아래로 가는 듯 했다. 한참 뒤에 돌아온 아이들의 눈에는 채 마르지 않은 눈물로 속눈썹이 젖어있었다. 그 일이 있고 며칠 동안 아이들은 밥도 잘 안 먹고 매일 학교에서 돌아오면 나무 아래에 가서 뭔가 지껄이며 앉았다 오곤 했다. 한 달여 시간이 지나고 아이들은 큰 병에서 깨어난 듯 홀쩍 자란 듯 보였다.

사람이든 동물이든 이별은 힘들다. 비록 금붕어 몇 마리였을지라도 키우다 죽고 난 뒤부터는 다시 키우게 되질 않았다. 그때 그 애들이 대학생, 대학원생이 된 지금 그날의 '금붕어 몰살 사건'을 떠올리며 점점 잃어가는 '통곡의 감성'이 안타깝게 느껴진다. 지금도 대형 쇼핑몰의 수족관 앞을 지날 때마다 네모난 유리관 속의 관상용 물고기들을 구경하다 웃음이 나곤 한다.

이 끼 를 먹 다 죽 다

푸른빛으로 가득 찬 수족관 속
비파, 피노키오 새우, 오토싱 등 열대어들이
이틀 밤 사흘 낮 동안
관 벽에 찌든 이끼를 아작내고 있다
무서운 식욕으로 이끼를 청소하는 물고기

수족관 속에서 이리저리 치는 놈들은
산소공급기 쪽으로 기어들어
주둥이를 박고 숨어 지낸다
어디에도 무기력한 존재는 있는 법
일하며 놀고 놀며 일하는
이끼 먹는 열대어
인정받고 배불리며
세련된 외모까지 눈부시다

어느새 수족관 밑바닥에
서서히 몸을 가로눕히는 놈이 보인다
일 못하고 배곯은 한 마리의
이끼 못 먹는 열대어
놈의 꼬리가 가늘게 떨리고 있다

좋은 말, 나쁜 말, 이상한 말

모든 악의 형상은 분명히 드러나야 한다고 생각했다. 끝없이 치고받는 공방 속에서의 입들은 그래서 발악을 해야만 정상이라고도 생각했다. 어쩌다 학회에 나가면 소위 말하는 배웠다는 자들의 전쟁 아닌 전쟁을 본다. 거기엔 한껏 예의를 갖춘 척하지만 속으론 저마다 지나친 비약과 자기 논리에 빠진 모습들이다.

때론 내가 그 자리에 설 수도 있다. 악은 그리 멀지 않은 곳에 잠복해 있다가 세균의 몸과 하나 되어 사람들의 귓속으로 들어갔다 다시 입으로 튀어나온다. 치명적인 독을 깊숙이 감춘 채, 어르고 뺨치는 그들 사이에 제바달다와 유다가 보인다. 시간이 갈수록 강도가 세지는 자들의 게 같은 입과 게 같은 입을 닮은 또 다른 이의 입은 서로에게 수없이 잽을 날리며 게거품을 부글거린다.

집게발의 저항이 물에 용해되기를 기다리며 죽었을 거라 방심한 자에게 날카로운 잽이 날아드는 순간 어디선가 날선 가위 날이 튀어 나간다. '뚝'하고 잘려진 집게발 하나가 물속으로 천천히 가라앉는 광경. 눈 깜짝할 사이에 가위를 든 자의 손에서도 피가 흐른다. 싸움을 건 사람이든 걸린 사람이든 깔끔히 마무리해야 할 의무가 있다. 그러나 싸움이 어디 그런가. 말로든 주먹이든 치고받다 보면 잘 끝날 수도 있지만 진흙탕 싸움이 될 수도 있다. 특히나 정치인이나 지식인이나 잘났다는 사람들의 싸움이 때론 더 비열하고 역겨울 때가 있다는 것은 두말할 필요가 없다.

요즘 케이블 TV의 뉴스나 토론 프로를 보면 어이가 없을 정도다. 진행자가 끼어들 틈도 안 주고 출연자들끼리 삿대질하고 싸우는 꼴불견들은 아이들이 볼까 무섭다. 한 지역방송의 뉴스 진행을 한다는 사람의 지각없는 말 한마디로 국격을 손상시킨 일도 있다. 샌프란시스코 공항의 한국 비행기 사고에서 사망한 중국인을 두고 "우리나라 사람이 아니어서 다행입니다."라는 어처구니없는 말이 나오는 게 아닌가. 말이란 것은 참으로 신기한 재주를 가지고 있어서 상대의 마음을 이해하고 수용하게 되면 분노도 잠재우는 힘이 있다. 반대로 늘 가시 돋친 말을 일삼다 보면 말이 그 사람의 성격까지도 변하게 하는 마성(魔性)을 갖는다.

『명심보감』의 '언어 편'에 "말이란 약이 될 수도 있고, 독이 될 수도 있는 양면성을 지니고 있다. 언어생활은 그 사람의 교양이나 배움의 정도를 가장 정확하게 나타내는 것이기도 하다."란 구절이 있다. 그런 글을 읽을 때마다 내가 하는 말에 대해서 반성한다. 그만큼 말이란 매사 지나치면 모자람만 못한 것이라 하여 옛 성인들이 말씀하시길 사람을 만나면 10분의 3만큼만 말하고 들으라 했나 보다.

접속

"OO님께서 페이스북 친구 맺기를 신청하셨습니다." 4G폰으로 바꾸기 전 수시로 받은 문자와 메일 문구다. 주변의 지인들이 폰을 바꾸고 문자를 보낼 때마다 갈등했지만 사실 아이패드(iPad)를 사용하고 있어서 그다지 스마트폰 사용이 아쉽지도 않거니와 글쓰기 카페를 운영하다 보니 불편 없이 아날로그적 사고를 즐기고 있는 사람 중에 하나였는지도 모르겠다.

2G폰 요금에 몇 천 원만 더 내면 교환 가능한데도 난 굳이 바꾸지 않고 살았다. 모든 상품에 붙어 있는 QR코드를 확인하거나 음식점이나 커피숍에서 주는 혜택을 아쉬워할 만큼 다양한 생활을 하지 못한 것도 이유다. 나 스스로 아쉽고 답답했다면 진작 바꿨을 텐데, 다들 가졌다고 해서 나도 꼭 같아야 한다는 생각에서 조금은 자유롭고 싶었다.

그런데 어느 날, 지하철에서 옆에 앉은 할머니 한분이 열심히 카톡을 하면서 친구와 대화를 나누는 것을 보았다. 그러면서 주름진 입가엔 가끔씩 빙긋 미소가 보이기도 했다. 한참 동안 대화를 나누던 할머니는 카톡 창을 닫더니 SNS상에서 이것저것 뒤져보기 시작했다. 그때 할머니의 행동을 보고 순간 급 당황했다. 할머니는 시사적인 기사를 열고 다 읽고는 찬성, 반대 중 하나를 꾹 누른다. 만약 나한테 스마트폰을 쥐어주고 SNS상에 각종 리플을 달며 트위터 활동을 하라 하면 그렇게 즐겁게 못할 것 같았다. 두어 정거장 더 가서 그 할머니는 내리셨고 난 뒤통수를 한 대 맞은 기분이었다. 백발이 된 한 할머니의 트위터 활동은 아주 현란했고 대담했다.

지하철에서 내려 집으로 오는 내내 그 할머니의 행동이 머릿속에서 떠나질 않았다. 새로운 세계로의 접속은 20년 전 PC가 대중화되었을 때, 컴퓨터를 켜면 '헬로우 샘'이라는 귀여운 유령이 나와 마우스를 따라 마구 움직이던 그때의 설렘처럼 신기한 것이기도 했다. 그 많은 사연들을 수시로 퍼오고 퍼내면서 새 이름들과의 만남과 헤어짐이 그 안에서 쉴 새 없이 이루어지고 있음을 머리로, 손끝으로 느끼게 된다.

헬 로 우   샘

새로운 신복(臣僕)이 내게 왔다
손가락관절에서 우두둑 소리가 났다
아날로그에서 디지털로의 중개자는
동굴 속에서 오랫동안 묵은 포도주 병들을
고스란히 새집으로 옮겨주곤
온데간데없이 사라져버렸다
새 번지수를 찍어 멀티플레이질 한다
어느새 간사하고 부끄럼 없이
새 사람과 손을 꼭 잡은 채 하루 종일
얼굴을 비벼댄다

작은 네모 속 둥근 블랙홀은
허망한 소리의 깊은 우물
손가락 하나로 거대한 조직을 움직이는 보스인 양
쉴 새 없이 의문의 파동을 주고받으며
죽은 자와 산 자의 이름이 등재된 사차원의 경계에까지
유령처럼 떠다니는 전파들을 속속 불러들인다

그 속엔 부를 수도 없고 불러도 대답 없는
블랙리스트들 몇, 몇
그리고
어두운 경로로 온 수많은 이름들
새로운 접속은 또 다른 이름으로
그들을 하나씩 하나씩 지워간다

통(通)하는 법

출근 시간에 쫓기지 않아도 되는 방학은 다소 여유롭긴 하지만 그 여유로움이 때론 불안할 때가 있다. 어쩌면 시간에 길들여진 몸이 먼저 내 시상하부를 지배하는지도 모르겠다. 이 시대가 워낙 빠름만을 추구하다 보니 천천히 걷고, 느끼며 생각하는 것과는 거리가 멀다. 그러니 가족 간에도 한 자리에서 느긋한 대화는 고사하고 한가하게 책 한 권 읽는 것도 호사가 되고 있다.

한 조간신문의 칼럼 글을 읽었다. 요즘 젊은 사람들에게 이런저런 상황을 설명하면 "뭐 하라는 건지 구체적으로 말하라"며 귀찮아하고 또 뉴스거리를 알려주면 사람 앉혀놓고 그 자리에서 바로 인터넷 확인에 들어간다는 내용이었다. 그 글에 절대 공감했다. 결국 기성세대의 말은 믿지도 못할 뿐더러 가치도 없으며 말을 섞는 것조차

피곤하다는 2030 세대의 생각과 5060 세대의 간극에 대해서 대변하고 있었다.

생각해보면 멀리 갈 것도 없다. 요즘 아이들 치고는 꽤나 알뜰한 편인 큰애한테 울컥하는 마음에 하지 말아야 할 말까지 뱉어버렸다. 순간 후련했지만 두고두고 후회가 됐다. 그런데 문제는 그 다음부터다. 그 칼럼니스트의 말처럼 큰애는 내가 하는 말이나 설명 따위를 의심하고 토를 달기 시작했다. 더구나 내 딴에는 열심히 설명하면 즉시 "그거 아닐 텐데 정확해 엄마?"하며 인터넷을 뒤져보곤 나의 무지를 확인이라도 시킬 듯 들이댔다. 한 개그 프로의 대사처럼 대체 세상의 부모들은 과연 누굴 위한 뒷바라지를 하는 것이란 말인가 하는 생각이 들었다.

그래놓고 저만 불편한 양 말이 없다. 밤늦도록 침대 위에서 누군가와 웃고 떠들며 통화하는 친구와는 간, 쓸개 빼줄 듯하면서, 엄마와 길게 얘기하는 것에는 부담스러워했다. 그런 딸이 역시 나에게도 낯설다. 어려서 워낙 순하고 성실했던 아이라 갑자기 변한 딸이 당황스럽기도 하다. 아마도 저 혼자 오랫동안 외국 생활을 하면서 쌓인 분노나 단단해진 에고가 드러난 것인지도 모르겠다. 그런 모든 것들이 마뜩치 않아 말문을 닫는다.

사실 적지 않은 나이에 박사학위를 한 나는 크게 깨달은 한 가지가 있다. 까마득한 동생 같은 친구들과 함께 공부하면서 나잇값 해야 한다는 부담감, 독서와 학점에 대한 강박증으로 늘 시달렸다. 그래서 고집 센 큰딸과 자유분방한 작은아이를 내 잣대로 다스리기 위해 늘 날이 서있었던 것 같다. 그것이 아이들에게는 적잖은 스트레스였을 것이다. 대학생들을 가르치면서부터 그 또래들의 고민과 갈등에 대해서 이해하게 되었으니 말이다.

이제 자식을 편하게 지켜볼 수 있구나 싶으니 몸이 아프다. 남편의 사업적 일만으로도 머리가 아픈데 애들 문제까지 엄마로서 모든 걸 수용해줘야 한다는 입장이 답답하기도 하다. 어떻게 사는 것이 잘하는 건지 모르겠으나 나이가 들어가면서 세상 엄마들을 슬프게 하는 게 그런 부분일 것이다. 그 문제에 대한 정답은 없어 보인다. 아이들 문제로 남편과 소통이 막힐 때, 성경 구절을 읽고 마음을 다스리기도 하고, 스님이 보내주신 법문을 보기도 한다. 성격이 사교적이지는 않아도 맘 맞는 지인들과는 아주 편하게 잘 지내는 편이다. 사실 사람들과의 교분이 적은 것이 현실적으로 내게 상당히 불리하게 작용할 때가 있지만 그렇다고 여기저기 기웃거리면서 지나치게 사람들과의 친분에 애쓰며 사는 것도 어렵다.

최근 '놓아버리기'라는 화두로 유명한 파란 눈의 아잔 브람 스님의 특강에 다녀왔다. 난 사이비이긴 하지만 기독교 집안이다 보니 불교의 이치와 교리는 좋아하면서도 실제로 사찰의 법회는 들어볼 기회가 없었다. 솔직히 낯설기도 하고 무릎 통증으로 가부좌 자세도

고통이었으나 스님들의 생활과 타 종교와의 진정한 소통의 의미를
생각해볼 수 있는 의미 있는 시간이었다.

천당 밑에 분당

한때 사람들은 분당 신도시를 가리켜 우스갯소리로 '꿈의 분당' 또는 '천당 밑에 분당'이라고들 했다. 강남으로부터 이주해온 사람들의 지나친 교육열과 쾌적한 환경, 쇼핑의 자유로움 등 여러 가지 복합된 의미로 해석되기도 했지만 냉소적인 시선도 있었다. 한 시기에 200만 호 주택건설의 가시정책으로 태어난 도시에서 많은 사람들이 저마다의 삶을 꾸려왔지만 이제 '꿈의 분당'이란 말은 그저 '꿈속의 분당'이라고 해야 맞을 것 같다.

어찌 보면 한국의 신도시 개발이란 정상 분만이 아니다. 더구나 요즘처럼 주택 경기가 최악이고, 주변 도시들의 무분별한 생성으로 인해 분당은 이제 외관상으론 퇴물 아파트의 전형을 보여주고 있다. 하지만 30년이란 시간 속에서 서서히 삶과 문화를 접목시켜가는 모습은 이 도시가 결코 만만한 곳이 아니라는 의미이기도 하다. 분당 어디를 가도 어색하지 않게 다양한 문화를 만날 수 있다. 사람으로 보면 청년기를 거쳐 성숙하고 안정된 중년에 접어든 단계라고 할 수 있겠다.

인근의 새로운 타운들이 생성되었지만 이제 분당은 그 자체로 뿌리를 내리며 살아가는 사람들의 삶의 향기가 느껴지기 시작했다. 주변의 크고 작은 신도시가 들어온 여파로 경제적 타격을 입었을지는 모른다. 물론 집을 돈의 가치로만 저울질하는 사람들에겐 그저 낡은 구 도시에 불과하다고 말하겠으나 낡은 것이 주는 여유로움이 나쁜 것만은 아니다. 새 차를 구입했을 때를 생각해보면 처음엔 어디라도 흠이 날까 긴장하지만 서너 번 범퍼가 긁히고 적당히 상처가 나면 그때부턴 맘 편하게 운전할 수 있는 것처럼.

최근 새롭게 건설된 아파트는 주민의 안전을 이유로 최첨단 시스템에 지나치게 정형화되어 있어 삭막하기 그지없다. 좋은 건축이란 자연을 실내 공간으로 들여와 사람들이 그 안에서 안정을 느끼며 살 수 있어야 한다고 말하는 것은 그 때문이다. 가끔은 영화 포스터가 붙은 골목길 때 묻은 담벼락이 그리울 때가 있지만 이제 시민들은 책의 거리, 화랑의 거리, 문화의 거리로써 테마가 있는 곳, 추억을 묻을 만한 곳으로 만들어가고 있다. 이 환경에서 20년 넘게 살다 보니 여기가 고향 같다는 생각을 한다. 21년 전 분당에 처음 이사 올

때의 서먹한 느낌과는 달리 이젠 멀리 여행을 갔다가 판교 초입에만 들어와도 마음이 편안해지는 것은 분당 사람이 다 됐다는 증거다. 어디를 가도 여유를 즐길 수 있는 도시가 되었다.

분당은 이제 '新'도시가 아니라 '信'도시고 싶은 것이다. 더 이상 건설회사 모델하우스의 범람과 부동산 투기의 상징이 아니다. 그만큼 새로운 문화적 발아를 꿈꿀 때가 되었다. 다만 가끔씩 고약한 이웃이 더러 있어 소소히 발생하는 불미스런 일들은 있지만 사람 사는 동네는 어쩔 수 없다. 서로 이해하고 배려하는 공동체 의식을 갖고 살아야 함에도 말이다.

한국은 그야말로 두메산골을 제외하고는 어디를 가도 아파트가 없는 곳이 없다. 면적에 비례해 인구밀도가 높기도 하지만 지나치다는 생각도 든다. 이제 아파트란 내 집이지만 나만의 집은 아니다. 이웃 간에 나눔의 정은 기대할 수도 없다. 우리는 지금 이 거대 도시 속 아파트란 공간에서 사람을 경계하고 옆집에서 누가 죽어도 모르는 단절의 시대에 살고 있는 것이다.

장맛비가 잠시 멎은 틈새로 햇살이 비치는 하늘을 올려다본다. 문득 천당은 누가 만들어주는 것이 아니라 지옥 같은 곳이라도 내가 천당이라고 느끼고 살면 바로 여기가 천당이 아닌가 생각했다.

선운사 동백꽃

벌써 4년 전 일이다. 매년 열리는 고창 미당 문학제에 지금은 스님이 되신 차창룡 시인과 동행했었다. 당시 문학제 심사 위원이셨던 신경림 선생님과 이경철 선생님 외에 많은 시인, 평론가들이 함께 했다. 사실 난 행사와 관련된 입장이 아니어서 잠자리도 식사 자리도 여간 조심스럽지 않았지만 다시 없는 추억이 되었다.

아침 일찍 서울 동국대에서 출발한 버스를 타고 정오가 좀 지나서 고창에 도착해 시간적 여유가 많았다. 일찍 도착한 일행을 따라 저녁 식사 전에 선운사를 들렀다. 산문(山門)까지 긴 진입로를 따라 가을 단풍이 깊어가고 있었다. 자연스레 송창식의 노래 「선운사에 가신 적이 있나요」를 흥얼거리다 보니 미당의 「선운사」와 최영미의 「선운사에서」, 김용택의 「선운사 동백꽃」이란 시들에게 미안한 마음이 들었다.

신경림 선생님과 동행한 덕분에 선운사 선방에서 주지스님이 내려주시는 향 좋은 차를 맘껏 음미할 수 있었다. 특별히 안내해주시는 분이 모항이 내려다보이는 질마재를 돌아 노란 국화가 만발한 미당 문학관에 내려주었다. 비가 살짝 내린 탓에 더욱 정취가 묻어나는 그곳에서 미당 선생님이 생전에 다녔다는 시골 밥집엘 갔다. 신경림 선생님께서 따라 주시는 복분자술 한잔을 받아들고 술을 마시지 못해 난감해하고 있으려니 선생님께서 "이건 술이 아니라 약이니 먹어 봐."라고 하셨다. 모르겠다 싶어 홀짝 마셨는데 혀끝에 닿는 싸한 맛이 술이라기 보단 진한 포도즙 같았다. 혹시라도 술을 전혀 못하기 때문에 실수를 할까 두려웠지만 신기하게도 저녁까지 아무 일 없는 걸 보니 혹, 난 잠재된 술꾼이 아닐까 싶었다.

그날 저녁 늦게까지 특강이 있었고, 다음날 오전에는 소학회에 백일장 등 모든 일정이 끝나려면 오후 4시는 되어야 했는데, 문제는 상경하는 어느 선생님의 차에 내가 앉을 자리가 없다는 것을 다행히 알게 되었다. 난 심사가 진행 중인 사이 재빨리 짐을 챙겨 고창에서 정읍으로 나오는 시외버스를 타고서 먼저 올라간다는 문자를 남겼다. 정읍에서 고속버스를 타고 분당으로 오는 내내 스스로 참 잘했다는 생각이 들었다. 불편한 자리에 끼는 게 민폐였기 때문이었다.

지금 생각하면 얼마 전 일인 것 같은데 시간이 참 빠르다. 당시 미당 문학관을 들어갔다가 3층 유리진열관 앞 댓돌 위에 놓인 미당 선생님의 흰 고무신을 보고 시도 못 쓰는 한 문학도가 큰 시인의 기를 한번 받아보고자 아무도 몰래 슬쩍 신어보곤 다시 얼른 벗어놓았던 기억을 떠올려 본다.

염 화 시 중 의   미 소

유리진열관 앞 댓돌위에
흰 고무신 한 켤레
아무도 없는 틈을 타 슬쩍 신어보곤
다시 제자리에 올려놓는 순간
진열장 안에서 미소 짓는
시인의 환영을 본다.

250밀리 흰 고무신
신을 훔친 것도 아닌데
유품에 잠시나마 가졌던 삿된 마음을
노란 국화 한 송이와 맞바꿨다.

국화꽃 한 송이를 피우기 위하여
밤새 천둥과 먹구름*속을 그리도 헤맸던
진흙 묻은 고무신의 행적을 나는 알지 못하나
무덤가에 지천으로 핀 노란 국화의
화사함이 내 심장을 뛰게 한다.
그러나
도무지 향을 맡을 수 없는 허기로
아직도 시가 그립다.

* 미당의 시 『국화 옆에서』 인용.

132

헌책방의 추억

수원 팔달문 근처에 오래된 단골 헌책방이 있다. 지난 몇 년 사이 경기가 안 좋아 다른 곳으로 이전을 했다가 다시 문을 열었지만 예전만 못한 상황에도 불구하고 문 닫지 않는 것만으로도 사장님께 감사한 마음이다. 대학원 시절 나이 든 동기라고 늘 동료애로 감싸주셨던 선생님의 소개로 드나들던 책방이다. 당시 그곳은 공부하는 사람들이나 대학교수들이 절판된 책을 구하기 위해 들르던 곳이었고, 나 역시 논문을 쓸 때마다 몇 년을 문지방이 닳도록 드나들었다. 지하로 내려갈 때마다 마치 비밀 아지트처럼 심리적 안정을 주었던 그곳이 가끔 그리워진다.

하루 온종일 책을 뒤지다 배가 고프면 짜장면을 시켜먹으며 쭈그리고 앉아 얻어마시던 달달한 다방커피 맛은 최고였다. 특히 짓궂은 선생님의 19금 이야기는 지금 생각해도 웃음이 나곤 한다. 사다리를 타고 높은 곳에 감춰져있는 구하기 어려운 책을 찾았을 때는 날아갈 듯 기뻤다. 지금이야 대형화된 서점들로 예쁜 동네 책방들이 거의 잠식당했지만 예전 서울 청계천이나 배다리 헌책방 골목, 아벨 서점, 한미서점 같은 추억의 책방을 떠올리면 그때 그 사람들도 추억을 따라오곤 한다.

헌책방의 서가에 선다
다투어 내게 손을 내미는
수많은 생각의 손들.
밖의 세상과는 전혀 상관없는 페르마타의 활자들이
내 눈에서 미끄러진다.
틀어지고 휘어진 서가의 허리를 붙잡고
미래가 현재가 되는
과거의 뼈다귀들 세상과 만난다.

오정국 시집『저녁이면 블랙홀 속으로』2000원
김욱동 편『포스트모더니즘과 예술』3000원
오세영 평론집『상상력과 논리』3000원
한국서정시선『지금은 홀로 있게 하소서』2000원
이보영 외 공저『한국문학 속의 세계문학』4000원

다 더해도 새 책 한 권 값도 안 되는
무겁지만 가벼운 것.
가볍지만 무서운 것들.

도요지 가는 길

비 오는 강가는 때론 낭만을 부른다. 한여름 소낙비 내리면 한결 운치 있는 남한강가의 도요지는 정작 그곳보다 그곳까지 가는 길이 더 매력 있다. 유난히 일하기 싫은 날이면 냅다 달려 그곳으로 갔었다. 강은 그때그때의 기분에 따라 달리 보이게 하는 묘한 재주가 있다. 어지러운 심기를 편안하게 해주기도 하지만 누군가는 강가에서 흐르는 물결을 바라보고 세월의 덧없음을 느끼기도 하고, 또 어떤 이는 예술적 감성을 얻기도 한다. 그렇게 강은 바라보는 사람마다 다를 것이다.

오래전부터 드나들던 서종면은 정이 들어 고향 같다. 그림과 조각이 있는 소박한 화랑에서 강물과 들꽃을 보며 마시는 커피 한 잔은 찌든 일상에 단비 같았다. 강가를 따라 길게 이어지는 남종면은 한때 그곳에 살아보기 위해 억세게도 드나들었던 곳이기도 하다. 지금은 문을 닫은 밥집과 예쁜 찻집도 그립지만 갈 수 없어 그리운 게 아니라 여자 혼자 강가에 앉아있는 풍경이 청승스런 나이가 되었다 는 것이다.

양평 남종면 깊숙이
강가로 이어진 길 따라 들어가면
인적 드문 산속 小石 선생 도요지가 있다.
눈이 작고 선한 얼굴의
가난한 도예가와 마주하며 인내를 배우고
오묘한 빛깔의 찻잔에 차를 마시면
곧장 그 속으로 빠져든다.
해거름 무렵 산 그림자
수면 위에 대칭으로 인화되고
비온 뒤 구름 사이로 햇살이 살짝 눈부시다.
벚꽃나무 심어진 긴 외길이
팔당과 연결될 무렵
어슴푸레 어둠이 깔리고
길가에 쑤욱 자란 옥수수가
긴 수염을 내린 채
여름을 익히고 있다.

'탤리 신'의 꿈

세르반테스의 소설에서 작가는 기사 돈키호테를 등장시켜 낙천적이고 희극적인 인간을 대변해준다. 이상과 환상을 쫓는 노인의 꿈과 모험을 통해 일체 속박에서 벗어나 해방과 용기를 얻는다는 교훈도 가상인물이 꾸는 꿈 이야기에서 나타난다. 비록 깨진 꿈이지만 소설 속에서 서로 다른 사람들이 자신의 가치를 찾는 것이다. 뜨거운 가슴과 냉철한 이성으로 새로운 미래를 열어가려는 의지도 작은 꿈에서 출발한다. 어디에도 속박되지 않는 정신적 해방, 즉 꿈은 희망이고 열정이 된다.

세계 4대 건축가 중 한 사람인 프랭크 로이드 라이트는 미국 출신으로 위스콘신 주에 공방을 차리고 웨일즈 음유시인 '탤리 신'의 이름을 붙여 예술의 이상향을 꿈꾸었다. 일본 가루이자와의 탤리 신도 그 같은 정신을 이어가자는 일환이었다. 지금은 대표적 관광 휴양도시로서 새로운 산업군으로 떠오른 곳이다. 한때 열풍처럼 일었던 책 마을 운동도 영국의 리처드 부스라는 한 서적상으로부터 비롯되었고, 프랑스의 '바르비종'은 밀레에서 유래되었다. 독일의 인젤 옴브로이히에는 사업가인 칼 하인리히 뮬러(Karl-Heinrich Muller)가 6만여 평의 버려진 늪지에, 세계를 여행하며 수집한 작품들을 보관 전시하기 위해 만든 특이한 미술관이 있다.

우리나라엔 강릉의 '참소리 박물관'이 있다. 개인이 50여 년간 수집한 축음기와 오디오, 에디슨 발명품을 소장한 보기 드문 박물관이다. 100년이 넘은 귀한 앤티크축음기에서 나오는 맑은 선율은 감동스러울 정도이다. 예술은 인간이 창조하고 표현할 수 있는 모든 행위이다. 그 작업이 자유롭게 이어지고, 사람들에게 볼 수 있는 기회를 제공한다는 것은 위대한 일이다. 어떤 이는 음악 홀을 꿈꾸고, 또 어떤 이는 음식박물관을 꿈꾸며, 진리와 지식을 농경하는 쉼터로 만들겠다는 사람에게서 한국의 '탤리 신' 정신을 엿본다.

20세기의 유명한 건축가 르꼬르 뷔제는 "건축은 인간을 담는 그릇이다."라고 했다. 재산권은 내 것이지만 보이는 예술적 가치 부여는 공유권이기 때문이다. 도시를 거닐 때마다 신기한 건물이 등장하고, 조형물이 어우러진 개성 있는 건축물을 본다는 것은 많은 이들에게 꿈과 상상력을 줄 수 있다. 그것에 대한 근본적인 물음을 가지고 천박하고 투박한 상업주의로 흐르는 것을 막기 위한 노력은 부단히 지속되어야만 한다. 도시의 생태적인 문제를 구체적으로 파고 들어 본질적인 땅과 물, 숲이라는 것에서 인간과 자연스럽게 순화될 수 있는 대안을 제시하는 역할로 건축가와 예술가는 함께 호흡하고 최선을 다해야 하지 않을까.

현대인은 각기 다른 스트레스에 시달리며 도시 안에서 살아갈 수밖에 없다. 그래서 자연과 조화를 이룬 건축물은 사람에게 그 자체로 휴식공간이 된다. 집이란 우주여행을 꿈꾸고 첨단을 달리는 시대에도 인간에게 휴식을 통해 힐링을 하고 에너지를 재창출하는 공간이다. 마치 한 마리의 집게가 제 몸뚱어리를 넣은 껍데기를 마음대로 끌고 다니는 것이 아니라 온 가족이 모여 몸과 마음을 섞어가며 꿈을 꾸고 더 큰 세상을 만들어가는 작은 우주이기 때문이다.

사람들은 저마다 꿈이 있다. 누군가는 소박하게 또 누군가는 거창하게 꿈을 꾼다. 꿈이란 어쩌면 현실적으로 불가능한 것을 맘껏 꿀 수 있기 때문에 아름답고 자유로운 건지도 모르겠다. 미래의 새로운 공간을 창조하기 위해 꿈을 꾸는 자들은 오랜 시간이 흐른 뒤에도 이렇게 말할 수 있을 것이다.

'Dreams Continue' 라고.

정육점 피난기(避難記)

분당으로 이사 온 지 21년째다. 처음에는 대단지 아파트촌의 분위기가 많이 낯설었지만 먼저 와 자리 잡은 언니 덕에 생각보다 빨리 적응할 수 있었다. 언니는 주변에 장이 서거나 학교 운동장에 바자회가 있을 때도 나를 데리고 다녔고, 시간이 지나 환경에 익숙해진 후론 혼자서 가끔씩 시장 구경을 가곤 했다.

그러던 어느 날 모란시장 앞을 지나오다 마침 장날이라 구경삼아 들어갔다. 재래시장은 백화점과 달라서 여기저기 기웃거리며 구경하는 재미가 쏠쏠했고, 장날만 만나는 볼거리들이 어릴 적 향수를 느끼게 했다. 시장 안 깊숙이까지 들어가 보자 싶어 발길을 옮겼는데, 모퉁이를 도는 순간 눈앞에 나타난 광경에 놀랄 수밖에 없었다. 곡식 파는 상점을 찾다가 길을 잘못 든 탓에 육고기 전(廛)으로 들어선 것이다. 육식을 좋아하지 않다 보니 날고기의 피 냄새와 좌판에

널브러진 여러 종류의 고기들은 충격으로 다가왔다.

　지금만 같아도 뛰쳐나오진 않았겠지만 그때는 왜 그리 참지 못했는지 모르겠다. 당황한 나머지 뒤도 안 돌아보고 튀어나오는 나를 보고 그분들은 뭐라고 했을까. 생각할수록 아직까지 죄스러움으로 남아있다.

모 란 장

백열등 하나가
찌든 먼지를 뒤집어 쓴 채,
끈적하게 매달린 모란시장 육전(肉廛)골목
저마다 개성 강한 육고기들이
피를 뚝뚝 흘리며 줄지어 진열되어있다.

보무도 당당하게 앉아
선택받은 특권을 누리는 돼지머리와
뻣뻣이 굳은 주둥이 사이로 허연 이빨을 드러낸
개고기 전(廛)의 극 사실 풍경이
길을 잘못 든 나를 반긴다.
기겁을 하고 돌아서는 내 뒤통수에서
도마에 고깃덩이 내려치는 소리와 함께
한참을 깔깔깔 웃는 소리가 들렸다.

그날 시장사람들의 치열한 일상과
생강마디처럼 불거진 손가락을 보며
그들의 도마 위에서 난 사정없이
난도질 당했다.

깔끔하고 훤한 조명의
대형마트 식품매장 사람들 틈으로
카트를 끌며 이리저리 돌다
정육코너 앞에 멈춰 서서 예쁘게 포장된
진열장 안 고기를 들여다본다.

그 고기가 그 고기인데
그땐 왜 그리도 끔찍했는지.

톡 삼매경

두 남녀 학생이 캠퍼스 벤치에 나란히 앉아 각자 열심히 스마트폰 삼매경에 빠져있다. 가까이 가보니 아는 애들이어서 뭐하냐고 물었다. 그들은 바로 옆자리에 앉아 서로 카톡을 하는 중이라 했다. 순간 이 나이로는 이해할 수 없는 것인가 싶어 황당했다. 같은 자리에 붙어 앉아 문자라니. 최근 들어 부쩍 심해진 현상으로 수업이 시작돼도 스마트폰을 손에 쥐고 놓지 않는 학생이 많다. 그런 경우는 강력한 협박(?)을 통해 수업에 참여할 수 있도록 다양한 방법을 쓰거나 조용히 타이르기도 한다.

그럼에도 불구하고 완전히 차단하기란 어려운 일이라 진동으로 해두고 급한 경우는 나가서 받고 오라고 말한다. 그러면 아예 안 들어오는 경우도 있다. 디지털 세대답게 다양한 앱을 다운받아 맘껏 즐기는 것은 말릴 수 없으나 작은 손안에 든 세상이 여과 없이 열려 있다는 점에서 본다면 중독성은 심각한 수준에 있다. 오죽하면 공익 광고에 '무관심에 대한 묵념', '대화 단절에 대한 묵념'과 같은 소재를 사용했을까. 이는 '패티시'적 사고에서 벗어나지 못하는 10대, 20대들의 특징이라고 볼 수도 있지만 폰 게임을 즐기는 유저들에게는 신선한 차원의 '무엇'이 될 수도 있다. 그러나 그 '무엇'이 얼마나 인간을 공허하고 황당하게 만드는지 이제는 진지하게 고민해봐야 할 때다.

중 독

네모난 유리문을 슬쩍 밀자
신기하고 흥미진진한 세계가 열린다
새로운 톡(talk)족(族)들이 서로 알거나 모르거나
엘리베이터를 오르내리며 쉴 새 없이
자기들만의 언어로 연신 무언가를 주고받는다
누군가는 5층으로 또 다른 누군가는 7층으로
또 어떤 이는 꼭대기까지 올라갔다 다시 1층으로 내려오기도 했다
손가락들이 분주히 오르내리는 사이
저마다 경쟁을 하듯 네모 속 전용 터치터치語로
지문이 닳는 줄도 모르고 연신 누르고 있다
순간 엘리베이터에 빨간 불이 들어온다
끝없이 깜빡이는 경고등 앞에서
갇혀도 갇힌 것을 모르는 수직의 검은 라인은
깊이를 알 수 없는 수렁으로 빠져 들어가고
아무도 나올 엄두를 내지 못한 채,
튀어나온 핏발 선 눈알들만
액정 위에서 통통 튄다

그 가을의 책장(冊張)

오래된 책에서는 책 주인의 냄새가 난다. 어디에 책을 보관했는지도 중요하겠지만 책마다 고유한 체취가 배어 있어 책장을 넘길 때마다 묵은 펄프 냄새와 함께 누렇게 바란 책의 연대기를 본다. 어릴 적 이웃 친구 집에 놀러갔을 때, 빌려온 책을 잊은 척 안 돌려준 적이 있다. 옛말에 '책 도둑은 도둑이 아니다.'란 말이 있지만 아니 될 말이다. 그때 친구의 책을 돌려주지 않은 건 소유하고 싶은 내 탐심 때문이었을 거다.

출판사를 하는 지인으로부터 한 보따리 책 선물을 받았다. 책을 주신 분의 따뜻한 정은 물론 저자가 흘린 땀의 열정을 조심스레 따라가 보는 것은 큰 행복이다. 책을 통해 가지 못한 길에 대한 대리만족, 자유로운 상상의 세계에 몰입하다 보면 때론 눈이 긴장되기도, 주먹을 불끈 쥐기도 한다. 사람이 나이 들어가며 눈빛은 탁해져도 판단력은 흐려지지 말아야 한다면 어떻게 살아야 할까. 주눅 들지 않고 여유롭게 나이 들 수 있다면 그건 독서의 힘일 것이다. 우리가 살아가면서 사람과의 인연이 중요하듯이 책과의 인연 또한 그에 못지않다. 언젠가 한 대형 서점의 외벽에 걸린 광고 문구를 본 적이 있다.

"지금 내 곁에 있는 사람, 내가 자주 가는 곳,
내가 읽고 있는 책이 그 사람을 말해준다."

평범하지만 큰 의미를 지닌 말이다. 심장이 터질 만큼의 꿈과 희열, 불빛 같은 그리움, 잡고 싶은 욕망도 책 안에 있다. 또한 책은 경험할 수 없는 측정 불가능한 이상세계도 만나지만 잘 설 수 있도록 평형을 유지하게 만드는 이성과 감성의 천칭(天秤)이기도 하다.

봄부터 부지런히 걸어온 나무는 가을이 되어서야 우리 앞에 우수 깃든 빛으로 조용히 서있다. 흡사 동안거에 들어가는 듯한 수행자의 모습에서 겸손을 배운다. 굳이 장황한 수식어가 필요할까. 그 모습 그대로 선택된 시간을 수용하면 되는 절기다. 일 년 내내 땀 흘린 농부의 미소 띤 얼굴에서 귀한 노동의 참됨을 배우듯이, 문을 열면 가을이 밀고 들어올 것만 같다. '무엇을 할 것인가' 스스로에게 묻고 스스로 답해도 충분히 여유로운 계절이다.

춘향(春香)맞이

그분이 오셨다. 그 흔한 영양제도 분갈이도 못해줬는데, 사람의 마음이 어찌 이리 간사한지 모르겠다. 여섯 개 난 화분(蘭花盆) 중 한 개의 분만 꽃을 피운 게 못내 아쉽다. 매년 서너 개의 분이 꽃을 피웠건만 올해는 한 분에서 세 송이 밖에 피지 못한 것이 시원찮은 주인 때문인 것 같아 미안한 마음이 든다. 그래도 향만큼은 기막히다. 블루밍 부케, 체리 블라썸, 로즈가든, 샤넬 N.5 등. 비싸고 화려한 이름의 향수가 많이 있지만 어떤 향수가 이보다 더 달콤하고 그윽하며 품격 있을까.

파트리크 쥐스킨트의 장편소설을 영화화한 「향수」가 개봉되었을 때 원작만큼이나 충격적인 장면이 화제가 됐었다. 주인공 그르누이의 정신을 지배했던 향수. 냄새를 통해서 세계를 이해하는 그는 어느 날 인간이 가진 특유의 강렬한 향에 끌리게 된다. 끊임없는 향에 대한 집착이 결국 처녀를 선택하고, 그녀들의 몸을 통해 자신의 천부적 재능으로 완벽한 결과물을 얻는다. 오로지 혼자만 소유하고 싶은 그릇된 욕망에 사로잡힌 향에 대한 집요함은 결국 13명의 처녀를 죽게 하여 한두 방울의 진액을 증류해낸다. 그 과정은 소름이 끼칠 정도다.

그러나 영화 속 그르누이의 마지막은 너무나 비참했다. 세상에 단 하나밖에 없는 향수를 제 몸에 뿌려 군중들을 황홀경에 빠지게 하고 추앙받지만 결국 자신은 사랑하는 사람과 함께 할 수 없는 영원히 고독한 자로 남는다는 것을 깨닫는다. 영화 속 그르누이가 그토록 갖고자 한 향수를 얻었다 한들 다 함께 즐길 수 없다면 무슨 소용이 있겠는가.

손 님

해마다 3월이면
약속을 한 것도 아닌데
보랏빛 세 갈래 무늬 옷을 입은
단아한 귀부인이 온다
올 듯 올 듯 문턱을 넘지 못하고
밤새 몸을 떨더니
입춘 지난 어느 포근한 아침
세상에 둘도 없는 향기를 품고
늦어서 미안하다는 듯 미소로 가는 손을 내민다
고맙고 또 고마운 봄 손님
난 그저 바라봐주고 물밖에 대접한 게 없는데
날렵한 자태를 한 귀한 손님이
올해도 우리 집에 왔다

바로 오늘, 지금

우연히 아침 TV프로에서 80년대 포크계의 상징이라 불리던 가수 중 한 사람이 나온 것을 보았다. 진행자는 당시 가난한 음악인들이 추구했던 세계와 문화 그리고 연예계의 다양한 뒷얘기들을 질문했다. 또한 함께 초대된 아들과 딸이 기억하는 아버지의 음악 인생을 들려주는 모습은 매우 인상적이었다. 사실 80년대를 경험하지 않은 사람에게는 "글쎄 그 정도일까?"라고 생각할 수도 있겠지만 생각보다 훨씬 더 그들의 음악은 많은 젊은이들을 응집하게 했던 게 사실이다.

당시 한국 대학생들에게는 말하지 않아도 단번에 통할 수 있는 데모 코드가 있었듯이, 당대의 젊은이들이 추구하는 음악 장르의 일부도 그쪽과 맞닿아 있었다. 하긴 장발에 미니스커트, 가수 등용문으로 대두된 대학가요제의 노래들 중에도 검열의 잣대를 들이대거나 유행가도 금지곡이 있던 시대였으니 말이다.

요즘 우리 대학의 20대들을 보자. 어려운 입시를 치르고 들어와도 다시 시작되는 스펙 전쟁과 취업 전쟁에 시달리고 학비를 벌기 위해 소위 살인적인 '알바'를 해야만 한다. 경기침체로 인해 가계사정이 어려워지자 등록금 대출로 인해 학생들은 졸업 전부터 예비 빚쟁이가 되는 현실이다. 예전의 20대들은 지금의 대학생들에 비하면 이 정도는 아니었던 것 같다. 비록 가난해도 노력하면 '개천에서 용'이 나올 수 있었고 고졸 학력으로도 자수성가할 수 있는 여건이 됐지만 지금은 아니다. 죽어라 노력하고 땀 흘려도 치열한 경쟁사회에서 살아남기란 하늘의 별따기다. 출연자의 말을 들으며 새삼 그땐 그래도 낭만이 있던 시절이구나 싶다.

광화문에 있는 대한민국 역사박물관에 가면 2층 전시실 한쪽 벽면을 장식한 70~80년대 LP판을 볼 수 있다. 그 옆에는 통기타를 들고 청바지를 입은 양희은 씨의 풋풋한 모습의 레코드 재킷 사진이 붙어 있다. 당시에는 명동의 한 음악다방에서 DJ를 보거나 작은 무대에서 노래를 해도 밥은 먹여주고 잠은 재워주었다고 한다. 당시 그렇게 돈을 벌어 대학을 다녔던 그들은 지금 우리의 정서를 어루만져주는 유명한 가수가 되었다. 그런 아버지를 위해 작곡을 하는 아들과 성악을 한 딸이 함께 노래하는 모습은 잔잔한 감동이었다. 특히 그가 방송을 마치면서 "오늘 아침은 내게 남은 날들 중 가장 젊은 아침이다."라고 한 말이 참 인상적이었다.

4

그 남자의 엔딩 크레딧

그 남자의 엔딩 크레딧

강물을 바라보다 문득 물의 시간 속에 사람의 시간이 흐르고 있음을 알았다. 물은 천년이고 만년이고 그대로 흐르는데, 물의 시원(始原)과 함께 해온 사람의 시간은 유한하다. 사람은 태어나 자라서 늙고 병들어 죽는다. 물을 따라 흘러가다 멈춘 그 자리에서 그대로 가라앉는다. 사람의 시간을 모두 기억한 채, 물이 되어버린다. 제아무리 영화 같은 삶을 산 사람도 언젠가 엔딩이 있듯이, 사람의 시간은 물의 시간처럼 영원할 수 없다.

그 남 자 의 엔 딩 크 레 딧

관이 내려지는 한 남자의 장례식은
생전에 누구보다 자유로웠던 그의 세계를 보듯
많은 조문객들로 둘러싸여 있다.
더욱 기막힌 사실은
그와 함께 묻히는 부장품을 향해
수많은 기자들이 플래시를 터뜨리고 있다는 것.
놀랍게도 관이 들어앉는 땅속 넓이가
일곱 평이 넘는 원룸 수준이라는 것이다.
비비드 컬러의 수의를 입은 그의 시신 곁엔
저승에서 함께 할 술과 여자, 노래방 기계
그리고 친구 네댓 명이 서있다.
고대 왕릉에나 있을 법한.
그 난리 속에 아무 표정 없이
희대의 장례식을 지시하고 있는 여자
오십 년을 하루같이 남자의 주사(酒邪)로
맘고생을 했던 그녀의 주름진 얼굴은
화사하고 창백하게 빛났다.

저만 아는 세상은 그리 길지 않은데
머지않아 부패할 한 남자의
이력과 행적이 단 한 줄 엔딩 크레딧으로
준비되어 있다는 것을
그 남자만 모른다.

'시간의 부장품과 함께 그가 여기 묻히다'라고.

미움도 그리움인 것을

어머니에게 집이란 어떤 의미였나. 한 여자의 젊음이 깊은 피로와 우울에 싸여 아버지의 삶에 포박 당한 채, 박제된 삶으로 머물렀던 곳이다. 경부선 기차와 능수버들, 호두과자의 도시 천안은 내 고향이다. 아버지의 직함을 대신할 만큼 유명세를 탔던 우리 집을 아는 사람들은 '문화동 꽃집'이라고 불렀다. 앞마당에는 계절마다 피는 꽃과 여름이면 넝쿨 장미가 담장을 뒤덮었고, 내 양팔에 한아름 안기던 은행나무는 숨바꼭질 속 술래의 자리였다.

소설가 이외수는 『여자도 여자를 모른다』를 통해 "이 세상에 존재하는 모든 꽃들은 사랑의 아픔과 연계해서 태어난다. 한 여자가 사랑 때문에 한 번씩 상처를 받을 때마다 이 세상에 꽃들이 한 송이씩 피어난다."고 말한 바 있다. 누군가에게는 한 송이의 꽃을 꽃으로만 보기도 하겠지만, 또 누군가는 그 꽃을 단순히 꽃으로만 보지 않을 수도 있다. 꽃은 사랑으로, 미움으로, 그리움으로도 기억되기 때문이다. 이제 그 집에 대한 흔적은 찾을 수도 없는 동네가 되었지만, 내가 열 살이 되던 해 그 집을 떠날 때까지 대가족이 살던 풍경은 먼 과거 속 이야기이다. 그래서 오래된 기억들은 그리움과 슬픔을 동반하기도 한다.

어느 해 늦여름 가평 축령산 '아침고요 수목원'을 찾았다. 구불구불한 산길로 깊숙이 숨은 그곳은 현대판 '에덴동산'처럼 시와 바람, 그리고 나무와 꽃들이 여덟 개의 정원에 펼쳐져 있다. 그때 가장 먼저 머릿속에 아버지의 모습이 떠올랐다. 생전에 아버지가 꿈에 그리던 화원과 수목들이 거기 있었기 때문이다. 어쩌면 가족보다 당신의 직장보다 더 관심을 두었던 꽃나무에 대한 집착으로 온갖 희귀종의 식물이 집안 온실과 뜰에 가득했다.

지금 생각하면 지적이고 겉으로 더없이 점잖으셨던 충청도 아버지는 곧은 성품에 일밖에 모르는 경상도 어머니에게 매력을 느낄 수 없었을 테고, 복잡한 집안 구조를 외면한 아버지는 밖에서 당신의 욕망을 해소하려 했을 것이다. 그런 아버지를 지켜본 막내딸은 결코 행복하지 않았던 가족사 속에서 자기만의 삶의 방식을 터득할 수밖에 없었다. 사실 어머니에게 남편으로서의 의무와 사랑을 베풀지 않은 아버지에 대한 원망과 분노는 부모가 되어서도 잊을 수 없지만 돌이켜보면 미움에 대한 채무감으로 남은 것 같다.

올해로 아버지가 세상 떠나신 지 38년째다. 그때는 어렸고 온실 속 신기한 열대과일 맛과 향기로운 꽃에 반해서 어머니의 고통을 알지 못했다. 우리 형제의 기억 속에는 저마다 크고 작은 온실 속 추억을 간직하고 있다. 어머니한테 혼난 뒤 혼자 숨을 수 있던 곳이자 아버지가 정성들여 키운 일본 나스미깡을 몰래 따먹던 곳이다. 때론 언니, 오빠들이 던져놓은 책 한 권 들고 들어가 문학소녀의 꿈을 키운 곳이기도 했다. 그렇게 유년을 그 목조건물 집에서 보냈고 두어 번의 이사를 했다. 청소년기에 접어들며 아버지의 퇴직과 함께 사택을 떠나 개인주택으로 이사를 했지만 몇 해 지나지 않아 그 집에서 아버지는 폐암으로 세상을 떠나셨다.

사람이 늙고 병들어 죽는 것은 세상적으로는 인과율이나 신앙적으로 본다면 타파되어야 할 계율이다. 선악과를 따먹은 죄과로 아담과 이브의 자손은 고통 받는 삶을 살아간다. 어느 날 난 알아버리고 말았다. 아버지의 죄과를. 젊은 날의 아버지는 술과 여자를 좋아하셨다. 마작을 즐기셨고 낚시와 산을 좋아하셨으며, 책과 꽃을 가까이 하셨던 이율배반적인 인물이셨다. 어린 내 눈에 비친 아버지의 행동이 이해되지 않을 때, 감정을 표현한 나를 8남매 중에서 가장 미워하셨다. 어린 나는 어쩌면 아버지에게는 눈엣가시 같은 존재였을지도 모른다.

사춘기를 맞을 무렵, 아버지는 어머니에게 암으로 병든 몸을 수발하는 고통을 짐 지우시더니 호되게도 추운 겨울 먼 길을 떠나셨다. 긴 세월 감내한 고통을 과거 속으로 차곡차곡 접은 채, 졸수(卒壽)를 바라보는 연세에 홀로 계신 어머니를 생각한다. 지천명의 나이에 이해되는 아버지와 열 살배기 계집애의 기억 속에 용납할 수 없던 아버지는 하늘과 땅 차이다. 세상은 머리보다 가슴으로 이해되는 일이 더 많다는 것을 이제야 알았다.

아버지와 나의 운명적 과거는 자신의 죄과와 부끄러움을 깨달은 이브의 마음을 알게 했다. 큰 나무 그늘 같은 아버지의 사랑이 그리운 것이 아니라 당신의 과오를 속죄하는 마음으로 끝까지 어머니와 노후를 함께할 수 없다는 것이 우리를 아프게 한다. 살아계셨더라면 지금쯤 우리 형제가 편안하게 쉴 수 있는 정원의 꽃나무를 가꾸고 계실 아버지. 축령산 산마루 너른 바위에 앉아 하경(下景)정원을 바라본다. 가슴을 뒤흔들던 폭풍이 멎듯, 해 질 녘 어둑어둑한 수목원의 고요함은 유년의 고향집과 아버지에 대한 아픈 기억을 되살아나게 했다.

미움도 그리움인 것을…….

세 개의 눈으로 본 세상

마음을 움직이는 것은 사람마다 다르겠지만 대개는 먼저 눈을 통해서 상대의 심리상태를 짐작하게 된다. '말'보다 '눈'이 주는 의미가 더 큰 것은 상대의 환심을 사기 위한 아부의 말보다 진정성이 담긴 눈빛이 더 강한 힘이 있기 때문이다. 이른 새벽 눈을 떴을 때, 살아있음에 감사하고 볼 수 있어서 감사하다는 생각으로 하루를 시작한 것이 그리 오래되지 않은 것 같다. 급격히 나빠진 시력에 책을 보기도 답답하고, 글을 쓰기도 힘들어지면서 새삼 눈의 소중함에 대한 생각이 절실해졌다.

눈은 수많은 사람의 얼굴만큼 다양한 모양과 색을 가지고 있다. 흔히 '마음의 창'이라고 하듯이 우리에게는 마음의 눈과 육신의 눈 그 사이를 왕복하며 인간의 기쁨과 슬픔, 겉과 속을 넘나든다. 잠들기 전 항상 팔의 사정거리 안에 안경을 두는 오래된 습관은 다음날 아침 손을 뻗어 또 다른 눈을 찾아야 하기 때문이다. 우리 집에는 그런 눈이 여덟 개가 돌아다닌다.

눈의 종류에는 바투보기 눈과 멀리보기 눈, 어지러운 눈이 있다. 우리 눈에 비친 세상도 그와 같다는 생각을 한다. 어려서 바라보는 세상은 가까운 것밖에 볼 수 없는 근시안이요, 나이 들어 보게 되는 세상은 멀리 볼 수 있는 원시안이다. 간혹 세상을 있는 그대로 보지 못하는 난시안도 있다. 세 개의 눈으로 각자 바라보는 세상은 어떤 모습일까. 얼마 전 고속도로 운전 중에 황당하게도 안경의 나사가 빠지는 바람에 당황한 적이 있었다. 순간 비상라이트를 켜고 간신히 차를 갓길로 빼는 몇 초간 숨이 멎는 줄 알았다. 마이너스 시력으로 안경이 없는 밤이란 공포 그 자체였다. 시력은 평소 관리도 중요하겠지만 선천적으로 시력이 좋지 않다면 어쩔 수 없으나 더 나빠지지 않기 위한 노력이 필요하다. 현대인들의 눈은 워낙 많은 오염된 환경에 늘 노출되어 있다는 게 문제다.

몇 해 전 친정어머니께서 녹내장 수술을 받으신 적이 있다. 유독 겁이 많으신 어머니를 언니와 설득해서 병원에 모시고 갔다. 그때 의사가 우리에게 검안 기구를 통해 어머니의 눈을 들여다보라고 했다. 하얀 막이 동공을 뿌옇게 덮고 있었다. 마치 어머니의 눈동자에 더께진 어두운 세월의 장막을 보는 듯 했다. 어린 아이의 눈빛이 어른의 눈빛과 비교될 수 없듯이 10대와 20대의 꿈은 있으나 오만한 눈, 30

대와 40대의 욕망에 가득한 눈을 지나 50대, 60대에 와 비로소 주변과 사람을 생각하는 깊어진 시선을 갖게 된다.

눈의 종류야 어떻든 노안이 된다는 것은 슬퍼할 수도 피할 수도 없다. 있는 그대로를 자연스럽고 편안한 마음으로 받아들여야 하는 최소한의 수용을 배우고 말았기 때문이다. 결코 호락호락하지 않은 나이를 맞고 있는 나, '노안(老眼)'이 두려운 것이 아니라 '노안(怒眼)'이 되지 않도록 스스로를 다스려야 할 나이를 맞고 있다.

당신의 분가(分家)

사람이 함께 살다 헤어지는 게 그리 쉬운 일은 아니다. 10여 년을 동생네와 함께 사시던 어머니는 말리는 가족들의 권유를 한사코 거부하고 분가하신 지 올해로 8년째다. 두 조카들이 열 살이 될 때까지 살림을 도맡으시다 어느 정도 손이 덜 갈 즈음 혼자 살고 싶다하시며 따로 나오셨다. 당시 올케도 엄마도 서로 힘든 시간이었다. 지금 생각하면 어머니의 판단은 현명했다. 나 역시 딸이자 다른 집안 며느리인 입장에서 볼 때 시집살이는 어려운 일이다. 요즘 신조어로 '媤월드'란 말이 있는데, TV프로에 공공연히 나오는 용어가 된 것만 봐도 며느리에게 시댁의 존재는 짐작이 간다.

최근 들어 어머니는 많이 쇠약해지셨지만 그 연세에 아직은 총기(聰氣)가 대단하셔서 자식으로서 감사할 따름이다. 주변에 혼자 계시는 부모님을 둔 친구들을 만나면 늘 화제가 비슷하다. 한밤중에 걸려오는 전화벨 소리에 놀라고, 꿈자리가 이상해도 걱정된다는. 우리 형제들도 모두 그런 마음이다. 어머니가 이사 나오시던 날엔 모두들 착잡한 심정이었다. 아들은 아들대로, 며느리는 며느리대로, 딸들은 딸들대로 각자 서로 다른 입장에서 어머니의 분가를 바라보던 그 모습들이 아직도 생생하다. 그런 어머니가 앞으로도 지금만 같으시기를 바라는 마음 간절하다.

이 사 가 는 은 행 나 무

은행나무를 옮겨 심는 날 아침
주변 나무들은 몸을 떨며
거목이 뽑혀나간 구덩이를 멍하니 바라본다.
빈자리는 곧
다른 이야기로 채워질 거다
나무에 붙어살던 벌레와 새들도
긴장한 채 차에 오른다.
오래도록 동고동락했던 그것들
툭 치면 곧 떨어져나갈 것만 같은데
빼곡히 적힌 낡은 수첩을 허리에 꽁꽁 맨 채
차가 흔들릴 때마다
옛 자리 흙을 조금씩 떨어뜨린다.
뿌리내리고 잎 틔우며
열매 맺던 자리에서
점점 더 멀어지는 차창 밖으로
남은 나무들이 바람에
경련을 일으키고…….

두껍아 두껍아

초등학교 시절 친구들과 머리를 맞대고 학교 운동장 모래판에서 두 꺼비 집을 만들고 놀았었다. 요즘 아이들이야 자연놀이보다는 컴퓨 터나 스마트폰 게임에 빠져 노는 것이 익숙한 만큼 정서가 부족한 것도 당연하다. 놀이터엔 유치원생들만 엄마의 손을 잡고 나와 놀이 기구를 타는 정도다. 하지만 그땐 동요처럼 그 짧은 가사를 반복해 서 억세게도 불러댔다. "두껍아 두껍아 헌집 줄게 새집 다오."

7년 전 어머니는 자궁 탈출 수술을 받으시고 한동안 허리 통증 으로 고생을 하셨다. 연세 드신 노인의 장기를 적출한다는 것은 쉬 운 일이 아니라고 의사가 말했다. 여자의 몸에서 자궁이란 단순한 장기가 아닌 생산의 방이었기 때문이다. 지구상에 수많은 포유류가 새끼를 낳지만 인간의 출산은 동물과 같은 의미일 수 없다. 우리 형제가 같은 방에서 만들어져 그 길로 세상에 나왔음을 생각할 때, 어머니가 수술실에서 갑자기 수술을 거부해 의료진이 당황했던 일을 이해할 수 있다.

어머니는 늘 지금 떠나도 여한이 없다고 말씀하시지만 자주 말벗을 해드리지 못해 죄스러울 따름이다. 일하는 나를 생각해서 언니가 하루도 거르지 않고 어머니께 전화 안부를 여쭙고 기꺼이 한두 시간씩 긴 말씀을 들어드린다. 똑같은 레퍼토리로 때론 힘든 날도 있겠지만 어머니의 기운이 그만큼 있다는 것을 인정해드리는 것이 '효(孝)'라 생각하는 언니의 착한 마음일거다. 특히 가까이 살고 있으면서 자주 뵙고 신경 쓰시는 큰언니와 큰형부의 세심한 배려도 항상 감사하다. 언제까지 어머니의 말씀이 이어질지 모르지만 살아계실 때 자주 뵙고 말씀 들어드리는 것이 우리가 해드릴 수 있는 가장 큰, 아주 작은 실천이라고 믿는데 그러지 못하고 산다.

연 소 (燃 燒)

싫다 싫다시던 어머니
괜찮아요 괜찮아요 날개를 달아드릴께요.

더 이상 매달릴 힘을 잃고 탈출되어버린
팔순 어머니의 아기집
기가 쇠하여 만유인력의 힘으로도 어쩌지 못하고
기어이 우주 밖으로 산화되었다.
모든 소임을 다한
작지만 큰 방 포궁(胞宮).
신은 어머니의 몸 가운데서 우리를 만드셨고
또 당신 뜻대로 거두어 가셨다.
세상을 향해 치열했던
퇴화되어버린 산도(産道)
사이로
가늘게 휘파람소리가 들렸다.
한때 그 길을 치열하게 빠져나온 기억이
어렴풋한데…

어머니,
이제 당신은 두꺼비에게 헌집을 주고
새집을 달라할 이유가 없어졌어요.

맞다, 웬수

언제인지는 잘 기억나지 않지만 KBS의 아주 오래된 프로그램이 있었다. 개그맨이었던 남성 진행자와 여성 탤런트가 할아버지, 할머니 부부 열 분을 모셔놓고 진행하는 프로인데, 할아버지가 질문하고 할머니가 대답하는 형식이었다. 대개는 배움이 적은 분들이다 보니 때론 예기치 않은 데서 웃음이 터지고 진행자는 어르신들께 쉽고 짓궂은 질문으로 많은 시청자들에게 웃음을 주곤 했다.

그날 출연한 한 할아버지가 부인되시는 할머니께 질문하기를 "여보, 우리 같은 사람을 뭐라고 하지?"라고 묻자 할머니는 "늙은 이"라고 대답했다. 다시 할아버지는 "아니 아니 그거 말고, 나와 당신 같은 사람 말이야."라고 하자 할머니는 "아, 영감탱이?"라고 말했다. 점점 짜증이 난 할아버지가 "야 이 사람아, 내가 당신한테 뭐냐구?"라며 언성을 높이자 "아, 웬수 웬수!"라는 말과 함께 우린 배를 잡았고 사회자, 방청객 모두 폭소를 했다. 답은 '잉꼬부부'였지만 두 분의 생각의 차이는 달라도 너무 달랐다.

세상 모든 아내들에게 남편은 어떤 존재일까. 사실 궁금하지는 않지만 "다시 태어난다 해도 난 영원히 당신만을 사랑하겠어."라고 답할 아내가 몇이나 될까. "저기요. 다음 생에선 우리 다시 만나지 말자."라고 혼잣말을 중얼거린다.

새 벽 세 시

1.
비오는 늦은 밤 귀가한 남편
문 앞에서 거수경계로 '충성'을 외친다.
새벽까지 기다리다 제 성질 못이기는 날 보고
느물대는 남편의 얼굴
부부란 삶의 모순인가 트집 잡아 날궂이 하듯
서슬 퍼런 독설을 뿌린다.

2.
식탁에 차려놓은 아침밥을 보고
간밤에 무슨 짓을 했는지도 모른 채,
꾸역꾸역 밥을 먹고 있는 남편의 뒤통수가 밉살스럽다.
두 마음 한 겹으로 익혀가는 게 부부라는데
믿을 게 없다는 걸 생각하니
개나 물어갈 거짓 고백 맹세 따위.

3.
낮 동안도 계속 비가 내리고
이유 없는 헛헛함에 속이 빈 듯
찬밥을 서걱서걱 비벼 입안으로 구겨 넣는다.
창밖에 내리는 비릿한 비 냄새가
종일 비위를 건드리는데
오늘의 저녁은 여전히 빨리 오고
난 왜 또 오지 않는 이를 기다리는 건지
밤새 내 존재를 확인하다 지친
새벽 세 시의 시계바늘이
취해 꼬부라져 있다.

풍경소리

채근담에 이런 말이 있다. "추녀 끝에 풍경은 바람이 불지 않으면 울지 않는다."는. 산사의 풍경소리를 들으면 숙연해지기도 하지만 그 청아한 소리로 인해 마음이 한결 맑아지는 느낌을 받기도 한다. 학창시절 산사에서 '풍경(風磬)' 소리를 듣고 그 소리에 반해 한참을 그 아래에 쭈그리고 앉아 있던 기억이 있다. 비라도 나리면 그 소리는 그대로 '풍경(風景)'이 되었다.

이는 해석하기 나름이지만 풍경이 바람 없인 소리를 낼 수 없는 것처럼 살아가면서 고통이나 좌절을 경험하지 않고선 큰 어려움을 이겨낼 수 없고 남을 이해하기도 어렵다. 그래서 내게 온 시련과 분노도 잘 상대해야만 한다. 아름다운 풍경소리를 내기 위해서는 그 어떤 바람도 몸으로 맞아낼 줄 알아야 한다는 의미다.

내 손으로 상을 차린 생일 아침. 입맛이 몹시 쓰다. 내 어머니께서 날 낳으실 땐 이렇게 덥지는 않았다고 하셨는데, 난 지금 죽을 만큼 숨이 차다. 40년 만의 살인적인 더위는 온 나라를 벌겋게 달구고도 사람의 정신과 몸까지 적응할 수 없게 만들었다. 내 생일은 참 품위도 없지. 매해마다 그러했지만 몸이 아파선지 올 생일은 유난히 우울하다. 그래도 나잇값 해야지 하다가 속 좁은 여편네처럼 울컥하고 말았다.

처 음 부 터 내 편 은 아 무 도 없 었 다

칠월의 넝쿨장미는
뜨거운 태양을 온몸으로 받으며
회색담벼락을 따라
느린 포복으로 붉게 피어난다.
지난 가을부터 겨울, 그리고 봄을 지나
잘도 견뎌온 중증장애의 몸으로
불구의 삶을 살아가고 있는 여자가 있다.

그녀의 벽을 자세히 들여다보니
넝쿨손이 헤쳐 온 치열한 피의 흔적이
고스란히 남아있어
마음이 짠하다.
세상없는 누구라도 결국은 혼자인데
때때로 살갗이 벗겨지고 넝쿨손의 촉수가 부러져도
끝까지 기어갈 수밖에 없다
담벼락 아래 허리를 곧게 편
꽃들의 오만한 시선은
눈감아 버려야해.

애초에 나와 같을 것이란 생각은 버려야 했듯이
그 미련한 기대와 막연한 연민

처음부터 내편은 있지도 않았다.

생의 울타리

인연이든 악연이든 우리는 수많은 사람과의 관계 속에 얽혀 살아간다. 일명 '관계 노동'이라 말하지만 서로 간에 '좋은 관계 맺기'란 쉽지 않다. 신뢰와 불신, 기쁨과 갈등이 교차되기도 하고 사람에 따라 다양한 형태의 말과 행동으로 인해 악의가 없더라도 상대방의 마음에 상처를 주거나 받게 된다. 그만큼 말이란 그 사람의 성격은 물론 인격까지도 가늠할 수 있다. 그렇게 말과 행동의 수위 조절이 필요한 만큼 사람의 몸에 붙어 상대를 공격할 수 있는 위험한 세 가지가 바로 '혀끝', '손끝', '본능의 끝'이다. 말과 손, 몸을 조심하라는 의미로 그것들이 무기가 되면 엄청난 파괴력을 갖기 때문이다.

가끔 영화에서 고통 받는 환자가 자신을 정리하기 위해 가족과 의사의 동의를 얻어 편안한 죽음에 이르는 것을 본다. 외국에서도 안락사에 대한 문제가 논란이 된 적이 있다. 그러한 문제들이 최근에

많은 사람들의 이해와 수용으로 바뀌게 되었다. 수많은 남녀들이 눈과 손, 입과 몸의 관계로 이어져 생을 마칠 때까지 아름답게만 살다 갈 수는 없다. 마지막 순간까지 생명의 끈이 신에게로 이관되는 시점은 인간의 소관이 아니다.

사회적으로 노인 자살이 문제화되고 있는 요즘 가까운 후배와 「아무르」라는 독립 영화 한 편을 보았다. 아직도 그 충격이 강하게 남아있다. 너무 사랑해서, 더 이상 파괴되어 가는 아내의 모습을 볼 수 없어서 베개로 숨통을 막는 남편의 비통한 얼굴은 전율을 느끼게 했다. 영화가 끝나고 엔딩 크레디트가 올라갈 때까지 말없이 그 무거운 침묵의 여백을 온몸으로 받아들였던 영화다.

사실 질병으로 인한 고통과 육신의 불능 상태로 가족을 수렁 속으로 빠지게 하는 사람도 안락하게 죽을 권리는 있다. 만약 그 집행을 누군가가 대신한다면 법의 심판을 각오할 수밖에 없다. 지금에 와서 생각해보면 82세에 치매가 와서 돌아가신 시어머님과 106세에 돌아가신 시할머님 생전에도 가족 간에 말로 인한 작은 마찰이 있었다. 모시는 분들의 입장에서 생각한다면 충분히 불편한 말들이었기 때문에 그 문제로 불미스런 일을 겪은 적이 있다.

내겐 가끔 부처님 말씀을 문자로 보내주시는 스님이 계시다. 문자 내용 중에 "모든 중생에게 피할 수 없는 일곱 가지가 있는데 태어남, 늙음, 병듦, 죽음, 죄, 복, 인연"이라는 『법구비유경』의 말씀으로 충분히 이해할 수 있는 내용이다. 이 중 하나도 누군들 맘대로 선택할 수 있을까. 세상에 기막힌 죽음이든 자연스런 죽음이든 자신의 흔적을 죽은 물고기의 비늘처럼 떨어뜨리고 가는 것은 분명 슬픈 일이나 자연스러운 과정일 뿐이다.

우리 삶에 있어서 하루에도 수시로 뱉어내는 말들. 세치 혀로 빚어지는 비극이 가져온 고통은 옻으로 도금되어 쉽사리 썩지도 않는다. 다만 세상에 남겨진 자와 떠난 자가 함께 했던 이승에서의 잠깐 동안을 산자들만 기억한다는 것이 아픈 것이다. 나를 기준으로 끝없이 이어진 핏줄의 의미를 거슬러 올라가 본다. 나의 아버지의 아버지, 그리고 나의 어머니, 그 어머니의 어머니까지 지금의 내가 있기 위한 무수한 생명 존재의 근원들인데, 이 세 치 혀로 누군가에게 비난을 한다는 것에 대하여 깊이 반성하게 된다.

발가벗기

내가 어렸을 적엔 해마다 11월 말쯤 집집이 김장을 마치면 날을 잡아 엄마의 동네 친구분들과 단체로 온양온천 목욕을 갔다. 우리들은 엄마를 졸라 짜장면이나 찹쌀떡을 먹곤 했는데, 그때 그 맛은 아직도 잊을 수가 없다. 세상의 모든 아이들이 떼를 쓰는 것은 아마도 성장과정에서 꼭 필요한 행동발달심리가 아닌가 싶다. 지금이야 워낙 먹을 게 흔하니 그럴 일도 없고 대중목욕탕엘 가도 가지각색의 음료와 맥반석 계란까지 없는 게 없다. 그러나 이젠 아이들과 목욕탕 가는 일은 몇 년에 한 번 있을까 말까 한 행사가 되었다. 아무리 사정을 해도 함께 목욕을 한다는 것 자체를 불편하게 생각한다. 한편으론 섭섭하지만 자기들의 몸을 누군가에게 보인다는 걸 쉽게 허락하지 않는 나이가 되었다는 차원에서 이해도 간다.

지난 겨울방학이 끝나기 며칠 전, 겨우내 뭉쳤던 근육을 풀고 따끈한 물속에 몸을 담그고 싶어 애들에게 사정하다시피 하여 함께 갔다. 예전에 두 애들을 씻기다 체력이 떨어져 쓰러졌던 '목욕탕 사건'을 재현하고 싶지 않아 열심히 보리차와 귤을 먹으며 목욕을 하는데, 물장구치는 소리와 함께 터질 듯한 여자들의 웃음소리가 탕 안을 가득 메웠다. 순간 놀라 돌아보니 목욕탕 가운데 커다란 원형 탕 속에 다섯 명의 여자들이 들어앉아 남편과 시댁 흉을 보며 웃는 소리였다.

그날 이후 두 딸들은 더 이상 대중탕을 가지 않겠다고 선언했다. 나도 애들에게 더 이상 강요할 수 없는 처지가 되었다. 사실 여자들이 대중목욕탕에서 삼삼오오 앉아 사는 얘기를 하는 것조차 비난할 수는 없지만 다른 사람들에게 지나친 피해를 주는 건 아닌 것 같다. 동네 목욕탕이다 보니 연세 지긋한 어르신들이 오셔서 조곤조곤 사는 얘기를 나누고 서로의 등을 밀어주는 모습은 어쩌면 미풍양속일 수도 있으나 젊은 부인네들이 남 의식하지 않고 떠드는 모습은 왠지 예뻐 보이지 않았다.

사람의 말은 때론 소음이다. 그래서 무서운 침묵도 필요할 때가 있다. 막스 피카르트는 "침묵 속에는 치유력과 우호적인 것만 있는 것이 아니라 어두운 것, 지하적(地下的)인 것, 무시무시한 것, 적의에 찬 것, 침묵으로부터 불쑥 튀어나올 수 있는 것, 즉 저승적인 것, 마성적(魔性的)인 것도 있다."고 말한 바 있다. 동전의 양면과 같이 말과 침묵의 경계에서 때론 절망하기도 하지만 분노나 억울함을 치유하기도 한다. 그래서 "침묵은 금이다."는 말이 있는지도 모르겠다.

일본 큐슈의 온천에 갔을 때, 옆자리의 일본 여자들은 아주 작은 소리로 말하고 혹시 다른 사람에게 물이라도 튈까 얄미울 정도로 남을 의식하는 걸 보았다. 그 정도는 아니더라도 작은 배려는 필요하지 않을까. 그날 동네 대중탕에서 아줌마들의 수다는 우리가 들어가기 전부터 시작해서 나올 때까지도 계속 이어지고 있었다.

목 욕 탕   이 야 기

탕 속으로 굴절된
주름을 접고 앉은 여자들
처진 가슴과 뱃살 사이로 숨겨진
자궁을 본다.

물에 잠긴 시간만큼
몸을 빠져나간 기억들이 허옇게
물 위에 떠다니고
陰毛든 陰謀든
몸 씻는 순간은 어느 누구도
다를 바 없다.

목 언저리에서부터
젖무덤을 지나고 구릉을 넘어
계곡에 이르는 긴 여정이
마침내 교각 건너 바닥에 이르렀을 때
발목이 시린 걸 알았다.

뿌옇게 김 서린 거울 속에
어른거리는
여자들의 이야기
陰毛 속에 가려진 더 많은 陰謀들.

심연의 자아

어느 날 문득 내가 누군지 의문이 들 때가 있다. 어디서 왔고, 어디로 가는지, 내가 누군지 말해주는 사람은 아무도 없다. 숨 쉬고 있으니 살아있다 하고, 살아있음으로 또 살아가는 것이겠으나 내 존재에 대한 물음으로 머릿속이 꽉 찬다. 그럴 때마다 하늘을 올려다보곤 어디 한번 갈 데까지 가보자 다짐을 한다. 자연 앞에 내 존재야 보잘것 없겠으나 끝없이 느끼고 깨달아가는, 그래서 나를 확실히 바라볼 수 있도록 희망의, 열정의, 절망의 끝까지.

나 보 기

내가 누구냐고 나무에게 물었다
나무는 아무 말 없이 꽃을 피워놓고는
소리 없이 배시시 웃고 있었다

내가 누구냐고 바람에게 물었다
바람은 아무 말 없이 그저 내 얼굴을 살짝 스쳐지나갔다

내가 누구냐고 새에게 물었다
새는 내 앞에서 날개를 쫙 펴더니
깃털 하나 살포시 떨어뜨리곤 하늘로 날아올랐다

내가 누구냐고 흐르는 물에게 물었다
물은 갑자기 지축을 흔들 듯 천둥소리를 내곤
손가락으로 한 방향을 가리키며
빙그레 웃고 있었다

시간에게 내가 도대체 누구냐고 묻자
시간은 내게 나무처럼, 바람처럼, 새처럼
그리고 흐르는 물처럼 자유로이
그것들에게 몸을 맡겨야
나를 볼 수 있다고 말했다

보호구역

친정 언니들이 차례로 '폐경'과 함께 겪은 갱년기 증상에 대해서 막연히 짐작만 했었다. 겉으론 편안해보이지만 이젠 내가 겪는 증상이다. 어느 정도 적응하면서 스스로 긴장과 이완을 조절할 만큼 되었지만 아직도 불편하다. 3~4년에 걸쳐 급격한 신체적 변화에 수시로 당혹스러움을 경험한다.

감히 그까짓 폐경이 뭐라고. 이유 없이 열이 오르고 짜증이 나며, 땀이 비 오듯 하다 다시 오한이 나는 인내에 가까운 현상에 몇 년째 내 몸뚱이가 휘둘리고 있다. 세상 여자들만 아는 그 고통의 구역. 남자들도 갱년기 우울증을 앓는다고는 하지만 여자들만큼 심할까 싶다. 나이 든다는 것을 편안히 받아들이면 될 일이지만 몸의 기능이 변한다는 것은 유쾌하지 않다. 그러나 언니들과 주변의 친구들을 보면서 터득한 것은 늙는다는 것이 나쁜 것만은 아니다. 서두르지 않는 느긋함, 투쟁에 대한 반 투쟁, 예민함에 대한 무시, 오래 신어서 헐거워진 신발처럼 더없이 편하고 자연스럽다는 것이다.

그 녀 의 잠 옷

세상에서 제일 무겁고
두꺼운 잠옷을 입는 여자가 있다.
너무 추워서도
초라하게 보여서도 아니다.
살가죽이 닳아 끊어질 듯 실핏줄이 보이고
크고 작은 뼈들이 보이고
내장이 보이고
가장 깊이 있는 그녀 자신이
보이기 시작했을 때,

세상에서 제일 무겁고
두꺼운 잠옷을 입는 여자가 있다.
그녀는 더 이상 가볍고 얇은 잠옷을
입을 필요가 없다.

뼈 껍데기가 말라버렸기 때문이다.
이미 그녀는 오래 전에
죽어버렸기 때문이다.

금속물고기

우스갯소리로 "무식하면 용감하다."는 말이 있다. 그러나 대부분의 사람들이 무식해서라기보다 어떤 문제나 상황에 대해서 그 일이 얼마나 힘든지, 어떻게 처신해야 하는지 또 어떤 결과가 나올지 예측할 수 없기 때문에 의욕만으로 행동하거나 앞서 나가기를 시도하는 것이 아닐까. 그것이 때론 긍정의 의미로도 통하지만 대개는 부정 쪽에 가깝다.

　일반적으로 여성들이 산부인과를 찾을 때는 분명한 이유가 있어서다. 물론 미혼인 여성이 산부인과를 가기란 부담스럽기도 하고, 공인인 경우엔 오해를 사기도 한다. 반대로 기혼 여성인 경우라면 반가운 소식이거나 아니면 정반대인 경우이다. 모든 여성들이 일 년에 한 번씩 의료보험조합에서 실시하는 종합검진 외에 몸에 이상 징후가 없다면 산부인과를 간다는 게 쉽지 않은 일이다. 그만큼 산과 부인과의 출입은 여자들에게는 꺼려지는 곳이다.

그 일이 있기 전까지 나 역시 병원 가기를 워낙 싫어해 속으로 병을 키우고 있었다. 자주 하혈을 해도 평소에 자주 그랬으니까 라고 생각했지만 내 몸속에 종양이 있을 줄은 몰랐다. 하혈이 잦아지고 출산의 고통만큼 배가 아파 견딜 수 없어 거실에 누워있었다. 그때의 기분을 말로 표현하기 어렵지만 뭔가 아득한 나락으로 서서히 떨어지는 느낌이 들면서 이명 현상을 느꼈던 것 같다.

그때 "엄마, 엄마 정신 차려!"하는 소리가 어렴풋이 들렸다. 순간 등으로 뜨듯한 혈액이 마룻바닥에 흥건히 고였다. 애들이 놀라 아빠에게 전화를 했고 급히 들어온 남편은 가까이 사는 언니와 형부를 불러 곧바로 대학병원 응급실로 갔다. 응급실은 말 그대로 촌각을 다투는 환자들로 발 디딜 틈도 없는 숨 막히는 상황이었다.

그날을 생각하면 기억조차 하기 싫다. 여자로서 수치심을 느낄 만큼 내 몸뚱어리는 수많은 수련의들의 실험용 쥐에 불과했다. 누군가는 그 정도면 죽을 정도는 아니라고 말했다. 그렇지만 워낙 하혈을 많이 한 탓에 혼미한 상태로 눈을 똑바로 뜨려 해도 아득해지는 정신을 붙잡기가 힘들었다. 한 달 반 동안 병원을 드나들며 온갖 검사를 거치고 나서 수술을 받았다. 운이 좋았는지 난소암 전문 선생님을 만났다.

뒤돌아보면 악몽과 같은 날들의 기억들을 병원에서 겪으며 사람의 몸이 얼마나 미약한 존재인지, 아니 얼마나 생명이 질긴지 알게 되었다. 퇴원 후 마치 긴 여행을 끝내고 돌아온 듯, 집은 그대로였지만 내가 바라보는 모든 것들이 전과 다르게 느껴지기 시작했다.

금속 물고기
- 병원 1

심연으로 떨어지는 도중
물고기 한 마리가 말을 걸어왔다.
알집이 돌이 되어가고 있다고.
차고 흰 빛의 자기장이 흑백의 단면으로
내 몸 속의 등고선을 보여주고
눈에 푸른 발광체가 달린 금속물고기들이
쿡쿡 찌르며 선도를 확인한다.
하급 판정을 받은 알집을 걷어내기 위해
선별실로 옮겨진다.
심연의 흐릿하고 푸르스름한 빛에 둘러싸여 있는 나
어느새 몰려든 금속물고기들이
내 몸을 뜯어먹기 시작하더니
뱃속에도 질 속으로도 들어와
사정없이 뜯어먹는다.
물고기들이 나를 뜯어먹는 순간 나는
더 깊은 물속으로 빠져들었다.
긴 잠과 짧은 꿈속을 헤맬 때
작은 물고기 한 마리가
나를 이끌고 수면 위로
천천히 올라온다.

3년 동안 잠자던 여인
- 병원 2

두 개의 침대가 있는 작은 방
마음을 접고 누운 囚人들이 내쉬는 가는 숨소리가
흰 가운의 옷자락에 매달린다
3년째 잠자는 여인의 얼굴은
겨울 밤하늘처럼 청 회색빛을 하고 있다
얇은 커튼 사이로 바람이
간간히 들어오고 나가는 사이
점점 풀어지는 초점 잃은 눈동자
창가에 시든 꽃 화분은 이제 버려야 할 때다
드나드는 사람들의 말소리가
조금씩 커지더니 여인의 눈빛이
허공으로 날아간다
하얀 시트 한 장이 덮여진 침대 하나가
조용히 지하로 옮겨진다
혼자선 닫힌 철창문을 열고
나갈 수 없었던 그 여인
비로소 눈감아 자유로워진다

검 은 리 본
- 병 원 3

병원 문이 열린다
4월의 햇살은 창백한 내장 속으로 곤두박질치고
잔인하게 흐드러진 꽃들 사이로
검은 리본을 단 큰 영정이 곡소리를 누른 채
가늠하지 못할 평온함 속으로
산자들을 통과해간다

표정 없는 사람들은 무심히 스치고
병원노조는 다시 살아보자며
붉은 현수막으로 흔들린다
영구차에 옮겨 탄 자는
산기가 차올라 헐떡이는 임산부와 만난다

산자들의 무거운 뒷모습과
떠나는 자의 가벼운 앞모습
그리고
그들을 바라보는 또 다른 눈빛

검은 리본은
생을 마친 자들의 蛇足이다

자유의지

이제 내 안에 혹등고래는 살지 않아. 언제부턴가 작은 치어들까지 모두 다 사라져버리고 운 나쁜 물고기 두어 마리 남아있지만 그것들도 서서히 떠나버릴 거야. 이참에 속을 다 비우고 나면 진짜 눈부신 고독만이 들어와 살 수 있지 않을까. 아니면 전혀 다른 종이 새롭게 서식하게 될지도 몰라.

그래서 난 늘 이렇게 말하곤 하지. 내 머리카락 팔아 네 시곗줄 살까, 네 시곗줄 팔아 내 머리빗 사줄래. 결국 내 머리카락만 잘렸고 넌 시곗줄만 팔았어. 그것이 얼마나 부질없는 일인지 뒤늦게 알았지. 내 맘이 네 맘 같지 않고, 네 맘이 내 맘 같지 않아 서로에게 마음의 빚만 지게 되었지. 인간의 모든 행위는 그래서 무의미한 것인지도 몰라.

이제 내 안에 혹등고래도, 연어도, 은어도 키우지 않을 거니까. 뭘 키워도 결국 이별은 예정되어 있기 때문이지. 그런 슬픔을 계속해서 경험한다는 건 너무 잔인하잖아. 인간은 언젠가 흙으로 돌아가고 물고기는 물로 돌아가는 것인데, 인간과 물고기의 죽음방식이 바뀌어 세상이 뒤집어진 것인지도 몰라.

이제까지 살던 집과 키우던 물고기들을 다 버리려고 해. 내 안에 새로운 집 한 채를 지어야 하는데 그 집은 내가 오래도록 살아야 할 집이지. 천장이 둥글고 편안히 누워야 하는 만큼 햇볕과 바람 그리고 평평한 곳이어야만 되는 줄 알았어. 그런데 내 몸은 너무 가벼워. 더이상 둥글 필요도 평평할 필요도 없다는 거지. 집안을 꼭꼭 채우고 치장하려 애쓰지 않아도 된다는 거였어. 가진 거 없으니 이렇게 가볍고 좋은 걸. 진작 한두 겹 벗어버렸더라면, 내 안에 치어들을 일찌감치 큰물에 풀어줬더라면, 지금쯤 이 초라함에 떨 일은 없었을 것을.

그렇게 미치도록 천착했던 욕심의 주체가 나였다는 것과, 아직도 헛된 꿈을 버리지 못하는 미혹됨과, 사람을 사랑하지 못한 죄업과, 지금까지 살면서 나를 죽도록 아프게 한 자에 대한 원망에 대해서조차 이제는 자유롭고 싶다.

낙산사 홍련암 법당 아래로
요동치는 번뇌를 내려놓았다.
저 먼 바다 끝에서부터 밀려온 푸른 칼날은
나의 심장 한 부분을 도려내곤
피가 뚝뚝 떨어지는 칼날을 버리고
다시 바다로 돌아갔다.

평생 눈과 귀
그리고 입을 다스릴 수만 있다면
손과 발을 통제할 수만 있다면
내가 나를 이길 수 있었을 것이다.
빈창자를 채우려 그리도 버둥거린 시간들
다 비워내고 내려오는 돌계단 끝에서
발을 멈추게 하는 안내 현판이
눈에 번쩍 띈다.

무. 료. 국. 수. 공. 양. 소

아, 이 미천한 욕망을 어찌할까.
자꾸 머리칼이 빠진다.

업(業)의 무게추

업은 산스크리트어로 '카르마(Karma)'를 말하는 불교용어다. 흔히 '업보(業報)'라는 의미로 전생을 얘기할 때마다 '나는 누구인가'라는 물음과 함께 나의 전생은 무엇이었을까를 생각한다. 혹 물속을 유영하는 물고기였는지, 하늘을 높이 나는 새였는지, 땅위에 사는 동물이었는지 알 수 없지만 분명한 건 종교를 떠나서 나쁜 과업을 쌓아선 안 된다는 의미로 이해된다. 제 아무리 발버둥 친다 한들 자기가 지은 죄업에서 벗어날 수 없음을 알았기 때문이다.

"내 속엔 내가 너무도 많아"라는 노래가사처럼 내 안에 살고 있는 수없이 많은 욕망들을 하나씩 비워내야만 한다. 언젠가 내 몸이 스스로 뜰 만큼 가벼워질 때가 올지도 모르는데.

무 거 운 물 고 기

심연의 바닥에 납작 엎드려
숨죽인 물고기를 본다.
차고 어두운 그곳
아가미를 벌름거리며 다른 물고기들의
눈치를 살피는 물고기는
제 몸보다 무거운 업의 무게로
서서히 납처럼 굳어가고 있다.
천 년쯤 지나야
무거운 몸이 다시 가벼워질 수 있을까.
더 이상 오를 수 없는 심연에서
뒤집기를 시도하는 물고기
무겁거나 가벼운 것들의 경계가 확실한 물 위로
가라앉지 못하는 것들이 떠오를 때
환생을 꿈꾸는 무거운 물고기가
내 안에 산다.

인연의 고리쇠

사람의 인연이란 참으로 불가사의하다. 한 여자와 한 남자가 만나
서로의 가족과 인척이 되고, 그 남자의 자식을 낳아 길러 출가시키
고, 함께 나이 들어가며 죽음을 맞을 때까지 그 긴 과정을 생각하면
말이다. 신은 우리에게 태어남의 고통과 삶의 고통, 그리고 죽음의
고통을 주셨지만 그 사이사이에 엄청난 사랑과 행복도 함께 주셨다.
부모·자식과의 만남, 남녀 간의 사랑, 무수히 만났다 헤어지는 사람
과의 관계를 통해 꿈과 희망을 갖게 하셨음을. 나 세상 떠난 뒤에도
끊어지지 않을 이 질기고 긴 인연의 고리를 생각한다.

겨 울 장 례 식

자정부터
함박눈이 퍼붓기 시작했다.
영정 속 외숙모는
생시처럼 카랑카랑한 음성으로 웃는 듯한데
겨울 초상집
조문객 발길마저 얼고 있었다.

인연의 끝을 예감이라도 한 듯
떠날 채비를 끝내신 후
깊은 잠에 드셨다는 외숙모
남로당 당수 가족이란 죄목으로
남편의 한까지 끌어안은 채,
파란만장한 칠순의 생을
마감하셨다.

칼바람에 실려
간간이 들리는 곡소리 속에
내 입으로 들어오는 동태찌개는
왜 그렇게 속절없이 맛있던 건지.

먹다 남은 그릇 속에
고스란히 남은 가시 한 점.

물과 바람 사이를 거닐다

임영선 지음

제1판 1쇄 2014년 6월 13일

●홍시

발행인	홍성태
기획편집	조용범, 김은현
디자인	박선주
내지일러스트	최정선
영업	김성룡

주소	서울시 강남구 삼성1동 153-12 (우:135-878)
전화	편집 02)6916-4481 영업 02)539-3474
팩스	02)539-3475 (책 주문 시)
이메일	editor@hongdesign.com
블로그	www.hongc.kr
인쇄	정민문화사

ISBN   978-89-93941-91-3 03810

이 도서의 국립중앙도서관 출판시도서목록(CIP)은 서지정보유통지원시스템 홈페이지
(http://seoji.nl.go.kr)와 국가자료공동목록시스템(http://www.nl.go.kr/kolisnet)에서
이용하실 수 있습니다.(CIP제어번호: CIP2014016237)

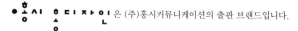

●홍시 홍디자인은 (주)홍시커뮤니케이션의 출판 브랜드입니다.